AF372230

DAS LIED VORM TOD

KARIN MELCHERT

Die Handlung und alle Personen des Textes sind frei erfunden, die hier beschriebenen Orte und Örtlichkeiten sind jedoch real.
Alle möglichen Ähnlichkeiten mit tatsächlichen Vorgängen oder Ereignissen bzw. mit lebenden oder verstorbenen Personen sind rein zufällig.

17. AUGUST 2009

Schlagzeilen des Tages:

Basketball-Idol Alex McKinsey kaltblütig ermordet!, *Feierkrop.*

Tödliche Tragödie im Sport: McKinsey ermordet, *Lëtzebuerger Journal.*

Blutiger Anschlag auf Basketballspieler Alex McKinsey, *Luxemburger Wort.*

Mordanschlag auf Nationalspieler McKinsey, *Tageblatt.*

Luxemburg in Trauer: Mord an Basketball-Nationalheld!, *Trierischer Volksfreund.*

*

Der Mord durch Kopfschuss an dem Zwanzigjährigen ließ sich noch wochenlang in sämtlichen Zeitungen, Magazinen und Boulevardblättern unter Schlagzeilen wie »*Kriminalhauptkommissar Protzer steht vor einem Rätsel*«, »*Die Polizei tappt noch immer im Dunkeln*«, »*Gibt es in Luxemburg zu wenig Sicherheitsmaßnahmen?*« verfolgen.

Das Lied vorm Tod

SAMSTAG
29. MÄRZ 2025

Ein Schuss fällt.

Erschrocken halten sämtliche Passanten inne, die in später Nacht noch in der Rue du Fort Neipperg umherstreunen, schauen sich um, bleiben stehen oder laufen fort. Nur einer fällt der Länge nach aufs Pflaster. Als der Getroffene völlig unter Schock realisiert, dass seine Schulter blutet, flucht er, will aufstehen, fliehen. Er ahnt, dass ihm in diesen Sekunden das gleiche Schicksal blüht wie Alex McKinsey vor 16 Jahren. Denn er ist einer der wenigen Menschen, die wissen, dass die Kugel damals den Falschen getroffen hat. Einer der männlichen Passanten, ein pensionierter Hauptkommissar mit Hut und verspiegelter Brille, hechtet Deckung suchend an einer Hauswand entlang. Kaum hat er die Eingangstür erreicht, drückt er sich mit einem heldenhaften Sprung hinter den Rahmen und greift an die Seite, an der früher seine Pistole hing. »Idiot«, flucht er über sich selbst und schüttelt den absurden Gedanken ab, Zeuge eines Verbrechens zu sein.

Früher wurde er von seinen Kollegen oft belächelt oder zum Kuckuck gewünscht - je nachdem, ob sie das zweifelhafte Vergnügen hatten, mit ihm Dienst zu schieben. Einig war man sich allerdings in einem

Punkt: Er hatte eindeutig zu viele amerikanische Polizeiserien gesehen und hielt Luxemburg offenbar für die Vorstadt von Miami. Der eine oder andere bemerkte trocken, er trage seinen Namen ›Protzer‹ nicht ganz zu Unrecht.

Mit der Zeit hat er tatsächlich eingesehen, dass Luxemburg keinen Nährboden bietet, um einen James Bond aus ihm zu machen, und er hat gelernt, die Dinge entspannter anzugehen. Er tut also, was ein rechtschaffener Polizeibeamter im Ruhestand und mannhafter Luxemburger Staatsbürger tun sollte: Er sucht keinen Täter, sondern eilt dem Verletzten zu Hilfe.

Zur gleichen Zeit bei einer Firmenfeier

Während ich das letzte Kabel aufrolle, wummert Technomusik durch die Saalanlage – wahrscheinlich das Werk eines dieser Nerds aus der IT-Firma, für die wir heute Abend Musik gemacht haben: »*End-of-Year-Celebration*« heißt es im Vertrag. Eigentlich sollte vor anderthalb Stunden Feierabend sein, aber dann kam einer der hornbebrillten Yuppies in Jeans, Sakko und weißen Sneakers mit einem Musikwunsch. Marco, mein gelegentlicher Arbeitgeber und Bandleader (er arbeitet mit zwei weiteren Sängerinnen zusammen und manchmal engagiert er uns auch zu dritt), zog den Volumenregler am Mischpult hoch. Vorher hatte er ihn nach Beschwerden des Chefs und der Gäste ständig runtergedreht. Mit einem triumphierenden Grinsen stimmte er *I Will Survive* an. Daraufhin kam plötzlich doch noch Stimmung auf. Fazit: Wir mussten länger spielen. Aber jetzt ist endlich Feierabend. Mit einem Seufzer stopfe ich das Mikrofonkabel in den blauen Hartschalen-Trolley – mein treuer Begleiter, in dem alles Platz findet, was Frontfrau so für Auftritte braucht. Marco schultert seine schwarze Leinentasche mit den Noten und marschiert zur Bühnentreppe. Dort dreht er sich nochmal um: »Johanna!«

Ich hasse ihn. Den Namen. Das einzig Gute an ihm: Lässt man beim Schreiben ein »H« und ein »N« weg, verwandelt er sich in einen perfekten Künstlernamen. Und weil der viel besser zu meinem Beruf passt, habe ich irgendwann beim Ausfüllen eines Gastspielvertrags die beiden Buchstaben vergessen und auch nie wieder den eigentlichen Namen benutzt. Seitdem nennt mich alle Welt *Joana*. Nur meine Mutter nicht. Sie lebt in einem Seniorenheim und kann sich die meiste Zeit nicht einmal meinen eigentlichen Namen merken. Und Marco auch nicht. Wir waren zusammen auf dem Konservatorium. Da hieß ich noch Johanna. Als meine Eltern mir den Namen vor 48 Jahren verpassten, war das ungefähr so, als würde man sein Kind heute Isolde, Gundula, Dieter oder Hans-Peter nennen (oder gottbewahre Kunigunde, Brunhilde und Karl-Otto) - so wie die aktuellen Omas und Opas eben heißen. Die Renates, Heidruns, Manfreds und Detlefs meiner Generation beneide ich zwar auch nicht, aber *Johanna*! Ich vermute, meine Oma steckte dahinter, die partout den Namen ihrer eigenen Schutzpatronin vererbt sehen wollte. Zwar erinnere ich mich nicht, wegen meines Namens gehänselt worden zu sein (heute würde man gemobbt sagen, um es psychologisch nachhaltiger auszudrücken), aber ich wäre viel lieber auf den Namen Melanie (der Name rollt so schön auf der Zunge) oder Nicole getauft worden. Nicole hieß die Gewinnerin des Grand Prix d´Eurovision im Jahr 1982. Mit *Ein bisschen Frieden* und mehr als ein bisschen Freude erlebte sie den absoluten Durchbruch. Sie war 17 Jahre alt. Ich war elf. Auf den Erfolg, den meine Mutter mir damals in ähnlicher Weise prophezeit hatte, warte ich bis heute. Deswegen stehe ich heute Abend auch nicht auf der Bühne der Royal Albert Hall, sondern als audiovisuelle Dekoration organischer Natur in der Ecke eines Lokals in der Rue du Fort Neipperg. Samt Pianist. Und der hat mich gerade gerufen. »Du kannst ruhig noch einen trinken«, schlägt er vor. »Bis ich das Auto aus dem Parkhaus geholt und vor der Tür geparkt habe, wird es eine Weile dauern. Wegen der Einbahnstraße und der Baustelle muss ich um zwei Blocks fahren.«

»Alles klar, Marco«, sage ich und überlege, ob ich mir zum Zeitvertreib einen Absacker gönnen oder das bereits zusammengepackte Material von der Bühne zum Ausgang schleppen soll. Ich entscheide mich für die Variante mit Alkohol. Denn erstens muss ich heute nicht fahren, und zweitens ist es meinem Mann, der sowieso nicht auf mich wartet (sofern er überhaupt nach Hause kommt) völlig egal, ob ich den Nachhauseweg im nüchternen oder beschwipsten Zustand finde. Das war natürlich nicht immer so. Aber die Zeiten, in denen er mit einem Glas Rotwein oder einer heißen Tasse Schokolade auf mich wartete, oder mich sogar vom Auftritt abholte, sind längst vorbei. Damals spielte er Bass, muckte in einer Hobby-Coverband und war begeistert von meiner Stimme. Am liebsten wäre er Profi-Musiker geworden, hatte sich jedoch dem Wunsch seines Vaters gebeugt, Bau- und Immobilienmanagement zu studieren und die Firma zu übernehmen. Ein nicht ganz bescheidenes Luxemburger Bauunternehmen und Immobilienimperium, das er letztendlich seinem Bruder überließ, weil er sich neben der Musik auch für Politik interessierte und sich

nach und nach immer mehr in dem Bereich enga-
gierte, bis er damit nicht nur in aller Munde war,
sondern auch Geld verdiente - ganz nach dem Motto: Wenn ich schon nicht als Musiker Schlagzeilen
mache, dann eben so. Und davon machte er jede
Menge. Entsprechend stiegen Erfolg und Gehalt.
Obwohl er nach außen charakterstark, unnachgiebig
und hart wirkt, wozu unter anderem seine Größe,
die markanten Gesichtszüge und die stolze Haltung
beitragen, so ist er im Kern doch ein lieber, herzensguter Mensch und man muss sich nicht anstrengen,
um mit ihm klarzukommen. Nur - das habe ich leider erst kurz nach der Hochzeit festgestellt - an dieser Art Partner verliere ich schnell das Interesse.
Oder sollte ich sagen, bei einem solchen Partner
fehlt es mir auf Dauer an Reiz? Ich brauche Reibun-
gen, Herausforderungen und Abwechslung. Außerdem gibt es - neben seiner notorischen Schusselig-
keit - noch eine andere, wie soll ich sagen, hervor-
stechende Eigenschaft. Felix ist ein herzensguter
Mensch. Wirklich. Wegen dieser Eigenschaft ließ er
sich dummerweise auf etwas ein, was dazu geführt
hat, dass aus unserer Beziehung eine Wohngemein-
schaft wurde: Es hatte zwei Beine, wohlgeformte
Brüste und verstand es, Felix´ Gutmütigkeit scham-
los auszunutzen. Sie besaß eine bemitleidenswerte
Persönlichkeit: zerbrechlich, weinerlich und Jahre
jünger als ich. Nun gut. Das allein wäre sicher kein
Grund, in den Mitleidsmodus zu schalten. Aber sie
war gerade mal volljährig geworden, als sie nicht nur
ein Kind, sondern gleich zwei bekam. Lena und Lisa.
Ein niedliches Zwillingspärchen mit großen Kuller-

augen und einem Vater, der es vorzog, sich aus dem Staub zu machen, statt sich um Windeln und Fläschchen zu kümmern. Ach ja, und er hatte einen Migrationshintergrund. (Mit dem Wort hatte mein Großvater, Gott hab ihn selig, übrigens immer so seine Schwierigkeiten. Der Mann war mit 93 Jahren ein wahres Sprachgenie, aber »Migrationshintergrund« war für ihn ein Zungenbrecher. Es kamen Dinge heraus wie »Imagitions-, Migatrons-« oder, mein Favorit, »Mikrofonshintergrund«. Aber wer konnte ihm das schon übel nehmen? Immerhin hat dieses Wort stolze einundzwanzig Buchstaben!) Zu dem Zeitpunkt hatten Felix und ich uns schon so weit auseinandergelebt, dass es lediglich eine Frage der Zeit war, bis einer von uns ein Verhältnis anfangen würde. Eigentlich war ich froh, dass er es war. Somit war ich nicht der Buhmann oder sagt man mittlerweile Buhfrau? Ich komm da nicht mehr mit.

Zuerst sprachen wir über Scheidung. Er wollte die Zwillingsmutter heiraten, spielte sogar mit dem Gedanken, die Kinder zu adoptieren. Dann flogen die Schmetterlinge in seinem Bauch davon und mit ihnen der Kinderwunsch. Apropos Kinderwunsch: Der war bei uns irgendwann auf der Strecke geblieben. Am Anfang unserer Beziehung fühlten wir uns zu jung - wir wollten reisen und frei sein. Dann ergab es sich irgendwie nicht oder wir hatten keine Zeit. Schlussendlich war der Ofen aus - jedenfalls meiner. Und, mal ganz ehrlich, wer will sich schon in einem Alter, in dem man sich langsam die Rente herbeiwünscht, mit Pubertieren herumschlagen ... Nein danke!

Das Lied vorm Tod

Rue du Fort Neipperg
(Fortsetzung)

Ein zweiter Schuss fällt. Ein tödlicher. Diesmal übernimmt die Panikzentrale im Gehirn des ehemaligen Kriminalkommissars das Kommando. Er schlägt einen Haken und stürmt in die nächstbeste Bar, wobei die Tür beinahe aus den Angeln fliegt. Zwei weitere männliche, nun ebenfalls in Panik geratene Besucher der roten Meile sind binnen weniger Sekunden hinter der nächsten Straßenecke verschwunden.

Einem hungrigen Paar, das auf der gegenüberliegenden Straßenseite vor einer Imbissstube auf seine Lëtzebuerger Grillwurscht mit Fritten wartet, ist schlagartig der Appetit vergangen. Der 35-jährige Mann, ein von Kopf bis Fuß durchtrainierter und für seine 1,90 Meter recht groß gewachsener Portugiese, greift reflexartig nach der Hand der Frau und zerrt sie hinter sich her bis ins wenige Meter weiter entfernte Parkhaus, wo er sie in seinen Audi Q8 bugsiert und gemeinsam mit ihr auf schnellstem Weg den Tatort verlässt.

Der Besitzer der Imbissstube zieht sein Handy aus der Jeanstasche, wählt die 113, hält es ans Ohr, überlegt es sich anders und tippt auf das Freisprechzeichen. Dann legt er das Handy auf dem Tresen ab. Während das Freizeichen ertönt, sperrt er hastig die

Glastür seiner Bude zu, durch die er sieht, wie sich unter dem Kopf des Opfers eine Blutlache bildet.

Joana

Als Marco mit einer leicht verstörten Miene über die Schwelle tritt, habe ich nicht nur einen Gin-Tonic gezwitschert, sondern auch das gesamte Material zur Eingangstür getragen, geschoben und gekarrt. Statt »Danke« zu sagen, grummelt er mit einem abwesenden Blick: »War echt komisch da draußen.«

»Was ist denn los?«, will ich wissen.

»Keine Ahnung. Als ich zum Parkhaus ging, war die Straße wie leergefegt, die Imbissbude, die normalerweise bis in die Puppen geöffnet hat, war geschlossen und als ich zurückkam, gab´s Tatütata, Polizeiwagen, Sirenen und Blaulichter soweit das Auge reicht.«

»Was erwartest du in einem solchen Viertel? Und außerdem ist Wochenende. Vielleicht eine Razzia oder Alkoholkontrolle? Du hast ja nichts getrunken?«, vergewissere ich mich.

»Nein.«

»Dann ist ja gut. Also los. Keine Müdigkeit vorschützen, ich will nach Hause«, sporne ich meinen Musikpartner an, der irgendwie blass um die Nase aussieht.

Das Lied vorm Tod

SONNTAG
23. MÄRZ 2025

Rodrigo da Silva hat nach dem Vorfall in der Nacht kein Auge zugetan. Ein von Albträumen durchzogener Halbschlaf hat ihn in eine Zeit zurückkatapultiert, die er über die Jahre verdrängt hat - eine Zeit, die nur noch selten den Weg aus dem Unterbewusstsein in den Teil der Großhirnrinde findet, der ihm mulmige Gefühle beschert. Er war damals ein erfolgreicher Basketballspieler. Hatte sogar damit geliebäugelt, nach Amerika auszuwandern, wo er einen Fuß bei der NBA (Nation Basketball Association) in der Tür gehabt hatte. Doch dann hat er sich im jugendlichen Leichtsinn von einem Freund zu etwas überreden lassen, das er bis zum heutigen Tag bereut. Es sollte ursprünglich nur ein kleiner Nebenverdienst sein, um seinen Aufenthalt in den USA etwas luxuriöser zu gestalten. Doch er geriet in eine Spirale der Gier. Und aus ein paar harmlosen Verkäufen wurde mehr. Die Konsequenzen werden ihn und sein Gewissen bis zum Lebensende verfolgen, auch wenn er gelernt hat, die mit Selbstvorwürfen und Angst verbundenen Erinnerungen mit Krafttraining, ausgedehnten Waldläufen und Autorennen unter Kontrolle zu halten und die meiste Zeit ins geistige Hinterstübchen zu verbannen. Heute würde er alles, sogar seinen Audi Q8, den Quad, die Motorräder, die Breitling und die Rolex opfern, wenn er bloß die Zeit zurückdrehen könnte. Seufzend setzt er Kaffee auf, arrangiert frische Brötchen und Croissants in einem Brotkörbchen, die er, für seine Begriffe, in aller Herrgottsfrühe aus dem nahe gelegenen Auchan geholt hat. Seine Freundin Natalja wird begeistert sein. Normalerweise steht keiner von beiden sonntags vor zwölf Uhr auf. Er wirft einen Blick ins Schlafzimmer: Sie schläft noch. Oder sie tut nur so, und dann kommt in wenigen Sekunden das Kopfkissen geflogen, und die morgendliche Kissenschlacht mit Lachen, Quietschen, Kitzeln und Necken geht los, und dann folgt das, was gestern Abend nicht geklappt hat. Er weiß selbst nicht, wie das passieren konnte. Normalerweise steht sein bestes Teil beim Anblick ihrer wohlgeformten Brüste (die, neben ihrem jahrelang trainierten Augenaufschlag mit entsprechendem Lächeln, einer der Gründe sind, weswegen sie eine der meistgefragten Nutten der Stadt ist) wie eine Eins, aber gestern Abend ... So etwas ist ihm noch nie passiert. Sie hat es auf den Schock zurückgeführt, den der Anblick des Ermordeten ihm bereitet hat und er hat nicht widersprochen. Tatsächlich hat er schon Schlimmeres gesehen. Aber er hat den Mund gehalten. Wie immer. Er will nicht über die Vergangenheit sprechen. Mit niemandem. Am allerwenigsten mit ihr. Er will nicht, dass sein blonder Engel mit dem Porzellanteint, seine moralische Stütze, sein Ein und Alles, mit Verfolgungsängsten leben muss. Aufgewachsen in Rumänien, herausgerissen aus einer zerrütteten Familie, in ein Heim gesteckt und mit 16 geflohen, war ihr Leben sicher kein Wunschkonzert, aber das lässt sie sich nicht anmerken. Sie ist ein Bündel voll Energie und Lebenslust, das keine trüben Gedanken zulässt, ist intelligent und erreicht, was sie sich in den Kopf setzt. Zwar hatte sie nie geplant, ihren Lebensunterhalt als Prostituierte zu verdienen - wer tut das schon? Aber zumindest hatte sie es geschafft, von der Straße wegzukommen. Jetzt empfängt sie ihre Freier in einem gemütlichen Zimmer in der Rue du Fort Neipperg mit gerade so viel Kerzenschein, dass man das Gesicht des Gegenübers noch erkennen kann. Nur die besten Freier kommen hier vorbei - ausgesucht, diskret und vor allem großzügig. Sie hat Pläne, und das hier ist nur ein Zwischenstopp. Das hat sie Rodrigo schon am Anfang der Beziehung klargemacht. Im Gegensatz zu ihm ist sie gestern Abend in seinem Wasserbett sofort ins Land der Träume gedriftet und hat die ganze Nacht geschlafen wie ein Murmeltier.

Zu sehr in Gedanken vertieft, um das ankommende Kopfkissen zu sehen, trifft es ihn voll ins Gesicht. Sie lacht. Und schon beginnt das sonntagmorgendliche Ritual, bei dem er diesmal, zur Erleichterung beider Parteien, seine Männlichkeit unter Beweis stellen kann.

»Es wird Zeit, dass du deinen Job an den Nagel hängst«, unterbreitet er ihr, noch bevor der letzte Tropfen Kaffee getrunken ist. Die Eingebung kommt so plötzlich und unerwartet, dass er selbst nicht schlecht über seine Worte staunt. Sie ist nicht weni-

ger erstaunt und verschluckt sich fast an den Brot-
krümeln, die sie vom Teller gepickt hat.

»Wieso?«, fragt sie nach einem Räuspern. In ihrem
Ton schwingt ein Hauch von Empörung mit. »Bis
jetzt hat dich mein Job, in dem ich, ganz nebenbei
erwähnt, mehr verdiene als du in deinem Fitnessstudio, doch nicht gestört, oder?« Sie fragt sich, was
plötzlich mit ihm los ist. Erst die ›kleine Schwäche‹
gestern Abend, dann das Frühstück heute Morgen –
das hat er, seit sie sich kennen, nur einmal gemacht.
Aber vor allem die plötzliche Wendung seines Ver-
haltens, seine grüblerischen Falten auf der Stirn und
sein Ton, der keine Widerrede zulässt. Er schluckt.
Natürlich ist es nicht *sein* Fitnessstudio, und natürlich verdient er dort als Angestellter nicht die Welt,
und natürlich hat es ihn nicht gestört, dass sie mehr
verdient als er. Schließlich weiß er, wenn er alleine
für die gelegentlichen Dinner Abende in exklusiven
Restaurants und Luxushotels aufkommen müsste,
würde sein Sparkonto noch schneller schrumpfen,
als es das ohnehin schon tut. »Das ist es nicht«,
murmelt er und streicht sich mit einem Anflug von
Verzweiflung mit den Händen durchs schwarze Haar,
während sich in seinem Kopf ein Plan formt, der die
Lösung aller Probleme sein könnte: »Was ich eigentlich sagen will, wir sollten beide unsere Jobs aufge-
ben. Ich habe noch immer etwas Geld auf dem Konto, ich könnte das Auto, das Motorrad, den Quad
und all die unnötigen Luxusgegenstände, die teuren
Uhren und den Schmuck, den wir uns über die Jahre
angeschafft haben, verkaufen und wir könnten an-
derswo ein neues Leben anfangen.«

Sie schaut ihn mit demselben Blick an, mit dem sie früher ihren senilen Terrier begutachtet hatte, wenn sie nicht wusste, ob er Gassi gehen wollte, Hunger hatte oder einfach nur desorientiert war.

»Irgendwohin, wo das Wetter besser ist. Irgendwo, wo uns niemand kennt, uns niemand blöd anschaut ...«, er hält inne, überlegt, ob jetzt vielleicht ein guter Zeitpunkt wäre, mit der Sprache herauszurücken, entscheidet sich aber dagegen, »wo wir neu anfangen können.«

Sie weiß, dass er, wie er es nennt, »Jugendsünden« mit sich herumschleppt. Sie weiß, dass er manchmal Albträume hat. Sie weiß, dass er mitansehen musste, wie sein bester Freund und Basketballkollege Alex bei einem Unfall ums Leben gekommen ist. Was damals genau passiert ist, weiß sie nicht. Er will nicht darüber sprechen. Nicht einmal darüber nachdenken will er. Sie weiß nur, dass es ihm unheimlich nahe gegangen ist, er den Unfall nie verkraftet hat und dass er deswegen ehemalige Freunde meidet und sich allem entzieht, was mit seinem alten Leben zusammenhängt. Nur ein einziges Mal (das war nach einer feuchtfröhlichen Weihnachtsfeier mit seinen Kollegen aus dem Fitnessstudio) hatte er den Moralischen, da hatte er vorm Einschlafen geflüstert: »Eigentlich hätte ich an seiner Stelle gehen sollen. Es ist meine Schuld.« Dann ist er eingeschlafen. Als sie ihn am nächsten Tag danach fragte, tat er es ab mit: »Dummes Zeug, ich war voll und wusste nicht, was ich sagte.« Etwas, wovon sie bis heute nicht wirklich überzeugt ist. Aber weil sie selbst auch nicht gerne über ihre Vergangenheit spricht, stellt sie keine Fragen.

Er hat immer mal wieder von Auswandern gesprochen, sie hat ihn immer wieder damit vertröstet, dass es ihnen hier in Luxemburg doch ganz gut gehen würde. Sie will hier noch zwei bis drei Jahre gutes Geld verdienen, um sich als Ayurveda Masseurin oder so was in der Art niederlassen zu können. Mit der Ausbildung hat sie bereits begonnen. Das war schon immer ihr Traum. Sie könnten sich gemeinsam ein Haus kaufen. Eines mit viel Platz. Vielleicht irgendwo auf dem Land. Sie könnte eine Praxis aufmachen, und er könnte sich als Personal-Trainer selbstständig machen - vielleicht sogar mit eigenem Studio.

MONTAG
24. MÄRZ 2025

Joana

Zeit, mich auf den Weg zur Musikschule zu machen. Auf halbem Weg komme ich am Bahnhof vorbei und springe noch schnell in den Kiosk, um das Luxemburger Wort zu kaufen. Gelegentlich fehlen Schüler, und dann bleibt etwas Zeit zum Schmökern. Was heute leider nicht der Fall ist. Um halb acht verlässt die vorletzte Schülerin den Saal, und ich bin insgeheim heilfroh, dass Benny, der letzte Gesangsaspirant für heute, noch nicht vor der Tür steht. Einen kleinen Moment Ruhe, herrlich! Ich strecke mich ausgiebig, atme einmal tief durch und warte auf die unvermeidlichen eiligen Schritte, die jeden Moment zu hören sein müssten.

Sind sie aber nicht.

Hat mein Chef vergessen, mir zu mitzuteilen, dass Benny heute abgesagt hat? Oder hat Benny es mir sogar selbst gesagt? In letzter Zeit bin ich ständig neben der Spur und ich frage mich, ob das die ersten Anzeichen der Wechseljahre sind oder doch schon Demenz? Wer weiß. Zur Sicherheit checke ich mein Handy, das auf dem Klavier liegt. Aber nein, kein Zeichen von Benny. Und überhaupt keine neue

WhatsApp, keine SMS, nichts. Ich seufze, stecke das Handy zurück in meine Handtasche und marschiere zur Tür des Musiksaals. Vielleicht steht er ja doch irgendwo im Flur herum und hat sich nicht getraut zu klopfen?

Niemand im Flur, keine Schritte auf der Treppe – nur eine Kakophonie von rhythmusbefreitem Geschrubbe, das von einer Akustikgitarre aus dem Saal gegenüber kommt, und grauseligem Katzengejammer einer verstimmten Geige aus dem Saal nebenan. Während ich seufzend die Tür wieder schließe, fällt mir ein, dass das Luxemburger Wort noch immer ungelesen in meiner Tasche steckt. Die 15 Minuten, die ich warten muss, bis ich Feierabend machen darf – falls Benny nicht auftaucht, was mir durchaus recht wäre –, reichen, um die Schlagzeilen zu überfliegen. Doch schon bei der ersten bleiben meine Augen hängen: ein Mord. Und zwar in unmittelbarer Nähe des Hotels, in dem wir Samstagabend anlässlich einer Firmenfeier gespielt haben. War das etwa der Grund für die Streifenwagen, Blaulichter und neugierigen Passanten? Ein Mord? Während mir ein kalter Schauer über den Rücken läuft, lese ich weiter:

In der Nacht von Samstag auf Sonntag fiel in der Nähe des Bahnhofs ein tödlicher Schuss. Das Opfer, ein fünfundzwanzigjähriger Mann, hatte laut Zeugenberichten kurz vorher ein Etablissement in der Rue du Fort Neipperg verlassen. Sein Name ist der Polizei bereits aufgrund von mehreren Delikten bekannt. Bisher fehlt jede Spur. Zeugen werden gebeten, sich umgehend bei der Polizei zu melden.

Ich lege das Blatt zur Seite und überlege. War Marco deswegen so komisch? Hat er etwas mitbekommen? Und woher weiß er, welche Imbissbuden in diesem Viertel um diese Zeit aufhaben? Treibt er sich öfter in dieser Gegend herum? Ein dumpfes Gefühl läuft mir wie ein eiskalter Schauer über den Rücken. Ich zücke mein Handy, doch da höre ich die Eingangstür ins Schloss fallen. Eilige Schritte, heftiges Keuchen - und schon stürmt ein schlaksiger Zwanzigjähriger mit hochrotem Kopf in den Saal, als hätte er gerade einen Marathon hinter sich. »Sorry, der Bus hatte Verspätung«, bringt er zwischen zwei Atemzügen hervor, als wäre das die universelle Entschuldigung für alles.

Eine halbe Stunde später verlässt er den Saal, schultert lässig seinen Rucksack und pfeift - ziemlich schief - ein Lied vor sich hin. Ich hingegen mache still ein Kreuzzeichen, murmele ein kurzes Gebet für meine Nerven, schnappe mir meine Siebensachen und mache mich auf den Heimweg. Es gibt Tage, da kann selbst ein heißer Tee kaum noch retten, was zu retten ist.

Hauptkommissar a.D. Protzer

Verdammt!«, flucht der pensionierte Kriminalkommissar etwa zur gleichen Zeit und knallt das Luxemburger Wort auf den Esstisch, von dem seine Frau bereits Butter, Käse und ein ganzes Wurstsortiment abgeräumt hat und nun in den Kühlschrank stellt.

»Ist was?«, ruft sie aus der Küche.

»Nein«, ruft er zurück, springt vom Stuhl auf und schleicht durchs Esszimmer wie ein angeschossener Köter. »Zeugen gesucht«, murmelt er mit zusammengekniffenen Lippen, verschwindet mit der Zeitung im Bad, setzt sich auf die Toilette, liest den Artikel nochmal und überlegt. Wenn er zur Polizei geht, werden sich seine ehemaligen Kollegen - und besonders seine Frau, die überzeugt ist, dass er den gesamten Samstagabend mit seinen Freunden beim Kegeln verbracht hat - fragen, was er an jenem Abend wohl in der berüchtigten Rue du Fort Neipperg im Bahnhofsviertel zu suchen hatte. Die Antwort würde auf der Hand liegen und damit sein kleines, intimes Geheimnis ans Licht bringen. Ein ungutes Gefühl beschleicht den 68-Jährigen, dessen Haupt mit einer ähnlichen Frisur und ebenso vollem Haar ausgestattet ist, wie das von Pierce Brosnan - die einzige Gemeinsamkeit, die er mit dem attraktiven James-Bond-Darsteller hat. Leider. Denn wäre das nicht der Fall, könnte er vielleicht trotz seines Alters noch Frauen aufreißen, für die er nicht zahlen müsste, um das zu bekommen, was ihm seine Frau seit Jahren verwehrt. Er muss unbedingt die kleine Nutte aufsuchen, deren Dienste er am Samstag in Anspruch genommen hat. Er kennt die Wege der Ermittler. Da es anscheinend keine Spuren und keine Zeugen gibt und keine Verdächtigen festgenommen wurden (und auch weil sein geschultes Auge keinen Schützen auf der Straße ausgemacht hat), muss die Kugel zwangsläufig aus einem der umliegenden Gebäude abgefeuert worden sein. Zu dem Schluss werden auch seine ehemaligen Kollegen kommen. Demnach ist es lediglich eine Frage der Zeit, bis alle der umliegenden Appartement-, Haus-, Bar- und Imbissstubenbesitzer sowie Angestellte und Personal derselben aufs Revier bestellt oder vor Ort befragt werden. Und dazu gehört nun mal auch sein Vögelchen, wie er sie nennt - weil er noch von niemandem zuvor so göttlich gevögelt wurde. Ihr Name sei zwar Natalja, hat sie gesagt, aber er dürfe sie ruhig nach einem Namen seiner Wahl benennen. Und das findet er gut. Er glaubt sowieso nicht, dass Natalja ihr richtiger Name ist. Viele der Lolas und Lulus, die er im Laufe der Jahre aufgesucht hat, haben ihm früher oder später ihren richtigen Namen geflüstert - etwas, was sie nicht hätten tun sollen. Denn er liebt das Fremde, das Unbekannte, die Distanz und die Anonymität. Sobald die Damen zu vertraut werden, verliert er das Interesse und sucht ein neues Flittchen. Flittchen! Er mag den Ausdruck. Vögelchen -

Flittchen ..., wenn er nicht ein Problem zu lösen hätte, würde er sich über das beinah gelungene Wortspiel freuen. Aber er hat jetzt eine Mission: Er muss dafür sorgen, dass ihn sein Vögelchen nicht verpfeift. Am besten mit Geld. Die allermeisten Menschen sind bestechlich. Ab einer gewissen Summe sind es alle. Nur ein einziges Mal im Laufe seiner Karriere ist ihm ein Fall untergekommen, in dem der Bestochene sofort zu Polizei kam und bei der Aufklärung des Falles behilflich war. Alle anderen, ob Angeklagte, Anwälte (ja, auch die sind bestechlich) oder zufällig Involvierte haben bis zur letzten verzweifelten Minute versucht, ihre Bestechlichkeit zu bestreiten. Auch sie wird bereitwillig ihr einladendes, wollüstiges Schnäbelchen halten, wenn er ihr 5.000 oder 10.000 Euro überweist. Wenn es sein muss auch 20.000. Das Geld liegt auf einem Schweizer Nummernkonto, von dem weder seine Frau noch die Behörden etwas wissen. Denn wenn sie es wüssten, käme er in Teufels Küche. Das Auffliegen der außerehelichen Aventüren, die er seit 16 Jahren von dem Geld bezahlt, wäre dabei das geringste Problem. Mit einem schlechten Anwalt oder dem falschen Richter würde ihm womöglich Gefängnis drohen.

JOANA

Zuhause sitzt Felix auf dem Sofa – mit einer Flasche Bier! Etwas, was normalerweise selten bis gar nicht vorkommt. Wir kennen uns gut genug, um uns ohne Worte zu verstehen, deswegen weiß er, dass ich mich frage, warum er schon zuhause ist. Die Erklärung kommt umgehend: »Wir sollten reden.«

Oh, oh! Ich glaube, den gemütlichen Fernsehabend kann ich knicken. *Ich wüsste nicht worüber,* würde ich am liebsten sagen, aber ich habe eine Ahnung. Eine sehr konkrete Ahnung. Er hat seit knapp zwei Jahren eine neue Sekretärin und seit knapp anderthalb Jahren kommt er noch später von der Arbeit, als er es ohnehin schon immer getan hat.

»Ich ... eh, ich wollte dich fragen ... Also du weißt ja, dass ich seit zwei Jahren eine neue Sekretärin habe?« *Die du seit mindestens anderthalb Jahren pimperst,* liegt mir auf der Zunge, aber ich werde mich hüten, ihm die Sache leicht zu machen. Statt zu antworten, setze ich einen erwartungsvollen Blick auf und lasse mich schwerfällig auf einen ihm gegenüberliegenden Sessel fallen. Trotzdem schweigt er erst mal.

»Ja, und?«, frage ich schließlich und bemühe mich, ahnungslos dreinzuschauen. Nervös nimmt er einen Schluck Bier, wischt sich ausgiebig den nicht vorhandenen Schaum von den Lippen, stellt die Flasche wieder ab und rülpst. Mit »Entschuldigung, das war keine Absicht ...« ziert er sich weiter vor dem, was er eigentlich sagen will.

»Spuck´s schon aus«, dränge ich, weil mir das Ganze zu dumm wird.

»Also die Sache ist die ...« Er beugt sich vor, als wolle er schon wieder nach der Flasche greifen, stützt aber stattdessen die Ellbogen auf die Knie ab, spreizt die Hände und drückt die Fingerspitzen gegeneinander, bis die Gelenke krachen. Schließlich beginnt er: »Die Ilona und ich, das ist ..., wie soll ich sagen? ... Es ist schwer zu erklären ... Also wenn es so etwas wie Liebe auf den ersten Blick gibt ... Ich dachte am Anfang ... Du kannst dich ja sicher noch an die Geschichte mit Nadine erinnern?«

Und ob ich mich erinnere, und ich habe damals, als die Sache endlich vorbei war, schon geahnt, dass ihm früher oder später wieder so ein junges Ding den Kopf verdrehen würde. Diesmal ist sie 23 Jahre jünger, wie ich nach weiteren umständlichen Formulierungen erfahre.

»Ich habe wirklich lange überlegt, aber weißt du, die Ilona und ich, wir sind seelenverwandt. Die Arme macht gerade eine schwierige Phase durch: Sie muss aus ihrem Appartement ausziehen; das Haus, in dem sie zur Miete wohnt, wird an einen Konzern verkauft, der dort ein neues, modernes Wohngebiet mit Gewerbefläche erschließen möchte, und nun muss sie innerhalb der nächsten drei Monate eine Wohnung finden, und du weißt ja, wie verdammt schwer das ist in Luxemburg, die Immobilienpreise sind horrend, das Angebot ist knapp, und ...«

»Komm schon auf den Punkt«, knurre ich ungehalten, mir reißt nämlich langsam der Geduldsfaden. Außerdem habe ich eine Ahnung, wohin das Gespräch führt. Und das gefällt mir nicht. So ganz und gar nicht: »Willst du wissen, ob ich mich dazu bereit erkläre, in einer Dreier-WG zu wohnen? Oder willst du mich rausschmeißen? Dann gibt es aber wieder ein Problem. Dann muss nämlich *ich* eine Wohnung suchen, und, wie du weißt, die Immobilienpreise in Luxemburg sind horrend, die Wohnungen sind knapp und überhaupt ...« Ich hatte einen langen Tag und ich will dieses Gespräch nicht. Nicht heute.

Aber Felix fährt fort: »Ich werde dich natürlich nicht vor die Tür setzen. Wir finden bestimmt eine Lösung. Deswegen wollte ich ja auch mit dir reden.«

In meinem Hirn fällt gerade der Startschuss für eine Karussellfahrt der Gedanken. Nur mit Müh und Not und tiefem Durchatmen gelingt es mir, sie zu zügeln. *Bleib ruhig, gaaaaanz ruhig,* flüstere ich mir im Stillen zu, während ich laut frage: »An was hast du denn gedacht?«

»Wir leben ja schon lange nicht mehr wie ein Ehepaar unter diesem Dach.«

Das ist richtig. In diesem Haus hätten zwei Familien Platz - mit Kindern, Hund und Gärtner, weswegen wir uns praktischerweise aus dem Weg gehen können.

»Wenn wir das Haus verkaufen, kann sich jeder ein komfortables Appartement hier im Land leisten oder ein ähnliches Anwesen in Deutschland, Belgien oder Frankreich.«

Ich will aber nicht nach Deutschland. Und schon gar nicht nach Belgien oder Frankreich. Und in ein Appartement will ich erst recht nicht!

Ruhig bleiben, gaaaaanz ruhig ... und nachdenken!

Ich habe zeitlebens nur in Häusern gewohnt. In großen Häusern. Häusern mit Grundstück drumherum und mit der Möglichkeit, Tag und Nacht nach Herzenslust Gesangsübungen zu machen, auf dem Flügel zu klimpern, ja sogar mit Bands zu proben, die mit Schlagzeug, Blasinstrumenten und Gitarrenverstärkern (Marke Marshall, 100 Watt) ausgestattet sind - Tag und Nacht, ohne Nachbarn zu stören. Aber in einem Appartement? Wie stellt er sich das vor?

»Haben wir noch von dem Rum aus der Karibik?« Mehr fällt mir zu der Situation nicht ein. Den Rum hatten wir nach einem Segeltörn von Saint-Barthélemy mitgebracht. Zwei Flaschen. Die erste hatten wir wenige Wochen später mit den Freunden gekillt, mit denen wir durch die Karibik gesegelt waren. Die zweite Flasche dümpelt seitdem vor sich hin. Ich mag nämlich normalerweise keine harten Sachen - und Felix mag keinen Rum. Ohne die Antwort abzuwarten, und weil mir sowieso nichts Gescheites zu der Situation einfällt, springe ich von der Couch und mache mich auf den Weg in den Weinkeller. Wobei es eigentlich gar kein Weinkeller ist (unser Haus ist nicht unterkellert), sondern eine Weingarage: Ein nachträglich an die Garage angebauter Raum, in dem mittels Temperaturregulierung weinfreundliche Celsiusgrade herrschen, die sicher auch für hochprozentige Spirituosen nicht ungünstig sind.

Unterwegs klingelt mein Handy - eine Freundin, die mich immer nur dann anruft, wenn sie Probleme hat oder etwas braucht. Und für diese Art Gespräch habe ich gerade überhaupt keinen Nerv. Ich schalte das Ding, das zuhause normalerweise nicht an meiner Seite baumelt, auf stumm. Wahrscheinlich war der überraschende Anblick von Göttergatte-auf-der-Couch-mit-Bierflasche daran schuld, dass ich vergessen habe, es samt perlendekorierter Lagerfeldkette auszuziehen. Die Kette hatte er mir von seiner letzten Dienstreise mitgebracht - was er eigentlich selten tut. Prompt kommt mir der Gedanke, dass seine Sekretärin sie ausgesucht hat. Knurrend öffne ich die Tür des Weinkellers, im Kopf das Bild von Felix´ Tussi am Karl-Lagerfeld-Regal im Duty-free-Shop des Flughafens, wo sie die Kette - nach seiner Frage »Welche könnte meiner Frau gefallen?« - auswählt, worauf sie sich selbst einen Designerschal aus Kaschmir und ein Parfüm von Dior aussuchen darf. Ich wische die Vorstellung schnell weg, denn im Grunde stört es mich nicht, dass er seine Sekretärin pimpert. Schließlich ist es nicht so, als wenn ich die Gelegenheit »verheiratet, aber verfügbar« nicht auch schon ausgenutzt hätte. Da fällt mir spontan die Geschichte mit Julio ein. Julio hatte unermüdlich versucht, mir die Aussprache des Anfangsbuchstabens seines Namens beizubringen: eine Art Mischung aus ›H‹ und ›CH‹. Bei der Erinnerung daran entfleucht mir trotz der vermasselten Laune ein Lächeln. ›Hch‹ulio war nach dem Schlusstitel meines Konzertes im Melusina bei der alljährlichen Blues & Jazz Rallye auf mich zugekommen, während ich mein Mikrofon einpackte. Er fragte, ob er mich zu einem Drink einladen dürfe, er hätte sich das ganze Konzert angesehen und es toll gefunden. »Gerne«, hatte ich geantwortet, in der Annahme, er sei Journalist oder irgendein Agentur-Fuzzi. Als ich realisierte, dass er Single und ein Wochenend-Tourist war, der in Brüssel arbeitet und lebt, fügte ich hinzu: »Aber nicht hier drin.« Draußen war das Wetter viel zu schön und es gab noch die ein oder anderen Acts, die ich mir anschauen wollte - warum nicht mit ihm? Er wollte Leute kennenlernen, Spaß haben (das wollte ich auch) und er war irgendwie niedlich. Er hatte einen südländischen Teint, beneidenswert reine Haut, große kastanienbraune Kulleraugen mit langen, gebogenen schwarzen Wimpern und Grübchen in den Wangen. Total süße Grübchen. All das ließ ihn zehn Jahre jünger aussehen, als ich ihn bei einem Ratespiel (das wir beim Flanieren durch die Straßen erfunden hatten) eingeschätzt hatte. Gott, das war so lustig gewesen. Also das Ratespiel (nicht mein Alter), das sich am einfachsten wie folgt erklären lässt: Ich stelle dir eine Frage über mich und du musst die Antwort raten. Erstaunlicherweise hatten wir fast ausschließlich Treffer gelandet. Mit anderen Worten: Wir hatten uns prächtig verstanden, hatten den gleichen Musikgeschmack und am Ende des Abends waren wir Hand in Hand durch die Straßen gezogen, bis die Band in einer der letzten offenen Kneipen den Schlussakkord gespielt und der Wirt die verbliebenen Gäste zum Gehen aufgefordert hatte - und damit auch uns. Da sich sein Hotel auf dem Weg zu meinem Auto befand, war eins zum anderen gekommen und ich habe es bis heute nicht bereut – im Gegenteil. Aber die Erinnerung daran macht meine derzeitige Situation auch nicht besser.

Mit der Rumflasche in der einen, einem Schnapsglas in der anderen Hand und zwiespältigen Gefühlen kehre ich zurück zu meinem Mann, der sich offensichtlich gut auf das Gespräch vorbereitet hat, und zwar bis ins Detail, wie ich sogleich erfahre.

»Wir können doch nicht ewig unter einem Dach leben und so tun, als wären wir noch immer glücklich verheiratet«, wirft er mir an den Kopf, noch bevor ich den ersten Schluck getrunken und mich beruhigt habe.

»Ich dachte, das könnten wir?«, frage ich aufgebracht mit einem äußerst bärbeißigen Unterton und erinnere ihn daran, dass *er* derjenige war, der es vorgeschlagen hatte. *Er* war es, der nach außen so tun wollte, als sei die Welt zwischen uns in Ordnung (was sie im Prinzip auch immer noch ist – halt nur nicht in der Form, wie sie von der Gesellschaft, pardon, *seiner* Gesellschaft erwartet wird). »Es könnte Einfluss auf die Wahlen haben und meinem zukünftigen Amt als Minister schaden«, waren seine Worte damals gewesen und dann hatten wir während eines ausgiebigen Brainstormings mit allen möglichen Wenns und Abers sämtliche Details über das zukünftige Zusammenleben in getrennten Schlafzimmern ausdiskutiert.

Im Moment stehen keine Wahlen an. Dementsprechend scheint er seine Pläne geändert zu haben: »Ich habe mit meinem Bruder gesprochen. In zwei Monaten wird eines seiner neuen Projekte in Gasperich bezugsfertig sein. Drei Wohnungen sind möglicherweise noch zu haben. Bei zweien wurde zwar schon ein Kauf-Vorvertrag angefertigt, aber ich habe über meine Bank und über Beziehungen herausgefunden, dass die beiden Käufer den Kaufvertrag zu 75 respektive zu 50 Prozent nicht einhalten können. Die Wohnungen sind echt toll - viel Glas, viel Licht, das magst du doch? Die eine Wohnung ist 102, die andere 123 Quadratmeter groß. Sollte es bei den beiden nicht klappen, dann kannst du in die noch freie 45-Quadratmeter-Wohnung einziehen.«

»Fünfundvierzig Quadratmeter? Da passt ja kaum mein Bett rein, geschweige denn mein Flügel. Und ich gehe nicht ohne den Steinway!« In meiner Stimme schwingt blankes Entsetzen mit.

»Ja, ich weiß«, versucht er mich zu beruhigen. »Es wäre ja auch nur vorübergehend, bis eine größere frei wird.«

Da wurde wohl hinter meinem Rücken geplant, was das Zeug hält, und aufgrund dessen bin jetzt nicht nur verwundert, sondern auch sauer. Aber auch neugierig. Sehr neugierig. »Wieso die plötzliche Eile«, will ich wissen.

»Nun ja ... ehm, also ...«

Jetzt druckst er wieder rum. Ich kann mir auch denken wieso, und bei der Vorstellung, wie er Windeln wechselt, würde ich am liebsten grinsen, aber eigentlich finde ich die Situation gar nicht witzig, daher verdrehen sich bloß meine Augen und mir entfährt ein »Puh!«, gefolgt von Kopfschütteln und den Worten: »Unfall oder Absicht?« Wobei die Antwort auf der Hand liegt: Wäre es Absicht gewesen, dann müsste ich nicht Hals über Kopf ausziehen, sondern es wäre von langer Hand geplant worden.

Jetzt will auch er einen Schluck von dem 43-Prozentigen, der zugegebenermaßen im Herstellungsland besser geschmeckt hat. Vielleicht liegt es aber auch an unseren sauren Mienen und dem unmotivierten Auf-die-kommenden-Ereignisse-Anstoßen, warum das Gesöff hier und heute auf einmal rau und bitter schmeckt. Aber es hilf ja nichts, das Zeug muss die Kehle runter, denn das mit dem Ausziehen will erst mal verdaut werden. Und weil ich so etwas (neben dem Trinken von Hochprozentigem) am besten am Swimmingpool liegend mit einem Sonnenhut auf dem Kopf und einem Cocktail in der Hand kann, unterbreite ich genau *das* meinem werten Noch-Gatten, nachdem wir die Flasche Rum um etliche Zentiliter erleichtert haben.

»K-kein Problem«, lallt er. »Isch bessahl dir die R-reise. Das-s bin isch dir schullldig.«

»Aber Ha-hallo!«, bekräftige ich. »Und sswar minnesdens eine Wellldreise, und minnesdens so lange, bis mein neues Zuhause bezugsfertig ist.«

Vielleicht in zwei, drei Jahren oder wie lange auch immer ich brauchen werde, um sein ganzes Vermögen zu verprassen - ha ha ha!

»Klllaro«, lautet die Antwort, gefolgt von einem »Proscht.«

Am nächsten Tag und mit weniger Promille einigen wir uns vorerst auf einen Tripp nach Spanien, Griechenland, in die Türkei oder Ähnliches. Jedenfalls keine allzu lange Flugreise. Im Moment ist mein Terminkalender nämlich voll, und da ich in Zukunft

aufgrund der Situation, in der ich mich bald befinden werde, auf regelmäßige Jobs angewiesen bin,
kann ich mir kaum erlauben, einen längeren Urlaub
anzutreten. Ein weiterer Gedanke, an den ich mich
erst einmal gewöhnen muss.

DIENSTAG
25. MÄRZ 2025

Kriminalkommissar Thill

Thill streicht nervös mit den Fingern über den drei Millimeter Haarschnitt, der lediglich die untere Hälfte seines ansonsten glatzköpfigen Hauptes ziert. Die andere Hand klebt samt Handy am linken Ohr, während die Sekretärin des forensischen Labors am anderen Ende flötet: »Der Herr Gomez hat gerade ein Gespräch. Möchten Sie warten oder rufen sie später nochmal an?«

»Ich warte«, brummt Thill, rollt den Stuhl einen halben Meter zurück und wippt nervös mit dem Fuß vor dem tipptopp aufgeräumten Schreibtisch, auf dem jedes Blatt Papier millimetergenau auf dem anderen liegt und jede Kladde ihren Platz und jeder Bleistift seinen Halter hat - außer dem, den er eben aus besagtem Halter rausgezogen hat und gedankenverloren in den Mund steckt. Am Bleistift knabbernd wartet er ... Und wartet ... Und wartet ... Und weil sein zweiter Name Ungeduld ist, legt er den Bleistift ab, steht auf und tigert wie eine hungrige Wildkatze hinter Gittern im Büro auf und ab.

»Gomez«, tönt es endlich von der anderen Seite der Leitung.

»Guten Morgen Monsieur Gomez«, ruft Thill ins Handy, setzt sich wieder an den Schreibtisch und greift nach dem abgekauten Bleistift und einem Notizblock. »Sie wissen, warum ich anrufe.«

Gomez kennt Thill lange genug, um zu wissen, dass es sich weniger um eine Frage, als vielmehr um eine Aufforderung handelt, daher schießt er sofort los: » Bei der Tatwaffe handelt sich höchstwahrscheinlich um ein Gewehr der Marke Remington, Modell 700. Das war, sofern ich mich richtig erinnere, auch die Waffe, die bei dem Basketballspieler damals benutzt wurde. Ist schon über zehn Jahre her.«

»Danke, Monsieur Gomez«, murmelt Thill, während er etwas in sein Notizbuch kritzelt und sein Denkprozessor sämtliche Programme aktiviert. »Haben Sie weitere Details?«

»Selbstverständlich, Herr Kommissar. Anhand der Schusswunde können wir davon ausgehen, dass die Kugel von oben kam - vielleicht aus einem Fenster.«

»Was erklären würde, warum es keine Beobachter gibt - oder noch immer keine Zeugenaussagen«, überlegt Thill laut, während er sich mit Daumen und Zeigefinger die Stirn massiert. Natürlich könnte es auch daran liegen, dass niemand, der sich zu dieser Zeit am Tatort aufhielt, Lust hat, mit der Polizei zu reden. Das ist ihm völlig klar. Denn wer im Bahnhofsviertel um diese Zeit unterwegs ist, hat nicht selten etwas zu verbergen.

»Was haben Sie noch bei der Obduktion des Neipperg-Opfers herausgefunden?«, fragt Thill schließlich. Er vermeidet es grundsätzlich, Namen von Toten auszusprechen, auch wenn sie bekannt sind. In diesem Fall handelt es sich bei dem Opfer um einen fünfundzwanzigjährigen Marokkaner, der durchaus kein unbeschriebenes Blatt war. Das wusste nicht nur die Polizei, sondern seit dem Vortag auch die Leser des *Luxemburger Wort*, was Thill gehörig ärgert. Zwar ist ihm alles, was in dem Artikel steht, längst bekannt, doch er hätte diese Informationen niemals an die Presse weitergegeben - schon gar nicht in diesem frühen Stadium der Ermittlungen. Definitiv nicht! Seine Kollegen und er haben den Marokkaner, der auf den Namen *Jamal Haddad* hörte, schon länger im Visier gehabt.

Da Gomez keine weiteren hilfreichen Details liefern kann und Thill erst mal in Ruhe nachdenken will, beendet er das Gespräch mit folgenden Worten: »Wir hatten den Mann übrigens schon länger auf dem Radar. Lange genug, um zu wissen, dass hinter ihm etwas Größeres steckt. Ein Netzwerk, das uns mit Drogen und Schleusung beschäftigt hält. Aber bisher haben wir ihn nur bei kleinen Sachen erwischt: ein paar Betrügereien, ein paar Prügeleien, Drogenbesitz - Standardprogramm. Ach ja, und natürlich Schwarzmarkthandel. Das Übliche halt! Nichts, was uns wirklich weiterbringt. Sollte Ihnen noch etwas auffallen, lassen Sie es mich wissen, Herr Gomez.«

Thill legt auf und fährt sich mit einer müden, fast verzweifelten Geste über die Glatze. Er spürt, wie sich der Frust in ihm aufbaut, als er über alles nachdenkt. Ob dabei der Mangel an Fortschritten im Fall oder die Tatsache, dass seine Tochter ausgerechnet mit einem Marokkaner liiert ist, der auch noch denselben Nachnamen wie das Opfer trägt, der Grund für seinen Unmut ist, bleibt unklar. Was er jedoch weiß, ist, dass beides ihn auf eine Weise beschäftigt, die er sich selbst nur schwer erklären kann. Sicher ist auch, dass er schon heute Morgen eine Reihe von Recherchen in Auftrag gegeben hat. Thill will herausfinden, ob sein Schwiegersohn in spe in irgendeiner Weise mit dem Opfer zu tun hat oder gar mit ihm verwandt ist – und, Gott bewahre, ob es eine tiefere Verbindung gibt, die er dann seiner Tochter erklären müsste. Wie würden er und seine Familie dann dastehen? Nicht auszudenken. Während er noch mit diesen Gedanken kämpft, ruft er den Chef des *Luxemburger Wort* an, den er persönlich kennt, und droht ihm an, dass er ihm die Hölle heiß machen wird, sollte die Zeitung auch nur einen einzigen weiteren Artikel über die Tat veröffentlichen, der nicht vorher über seinen Schreibtisch gegangen ist.

Schwerfällig steht er von seinem Schreibtisch auf und wandert eine Weile nachdenklich im Büro auf und ab. Aus welchem Haus der Schuss kam, ist nur eine der Fragen, die ihn beschäftigen. Diese lässt sich am besten vor Ort klären, also macht er sich auf den in die Rue du Fort Neipperg.

In der Straße mit dem frisch renovierten Fort-Neipperg-Parkhaus, den teils heruntergekommenen Gebäuden, den Bars und Kebabbuden läuft gerade der übliche Alltag ab: Geschäftige Lieferanten, die Kaufhäuser und Läden über ihre Hintereingänge beliefern, herumstreunende Ausländer mit Zigaretten und Handys in der Hand, gestikulierende Grüppchen von jungen, farbigen Männern vor einer der offenen Imbissstuben. In den Blicken der Anwohner spürt

Thill eine Mischung aus Misstrauen - wie immer in solchen Vierteln. Er hat jedoch keine Wahl. Auch wenn er sich nach etwas Ruhe sehnt, weiß er, dass er keine Zeit zu verlieren hat. Entschlossen beginnt er mit der Nachbarschaftsbefragung.

Rodrigo Da Silva

Müde und erschöpft vom Arbeitstag und gesättigt von den beiden Dönern, die er sich auf dem Nachhauseweg besorgt und zuhause gegessen hat, schleppt sich Rodrigo zum Briefkasten, der schon überquillt, wie er eben im Vorbeigehen wahrgenommen hat. Aber sein Hunger hat ihn zuerst in die Wohnung getrieben, deswegen muss er jetzt nochmal die Treppen runterlaufen. Oberschenkel und Waden brennen. Heute Morgen ist er vor der Arbeit fast 20 Kilometer gelaufen und in seiner Pause, in der er sich regelmäßig selbst an den Geräten des Fitnessstudios betätigt, hat er bei den Squads zwei Scheiben mehr auf die Langhantel gelegt. Auf dem Weg nach oben überfliegt er die Umschläge: Werbung, Rechnungen und ein Brief vom Croix Rouge, an das er ab und zu einen dreistelligen Betrag überweist, um sein Gewissen zu beruhigen. Er ist zwar kein gläubiger Mensch, aber irgendeine höhere Macht schließt er nicht aus, und auch nicht, dass Gutes tun zu Gutem führt. Oder dass es eine Art Karma gibt, wie Natalja es nennt, die daran glaubt, dass man durch das Erarbeiten von gutem Karma im nächsten Leben ein besseres führen wird. Wobei er sich das gute Karma bereits in diesem Leben erhofft. Vielleicht tut er es auch nur, um sich wohler in seiner Haut zu fühlen. Zwischen den Werbemagazinen entdeckt er einen Brief vom Audi-Händler. Im ersten Moment will er ihn wegschmeißen, doch dann fällt ihm ein, dass der neue Q9 eigentlich bald herauskommen müsste. Vielleicht wäre das ja mal ein Grund, sich vor die Tür zu wagen. Wie er dem Brief entnimmt, feiert das Autohaus ein Jubiläum - mit Sekt und allem Drum und Dran. Früher, als er noch ein gefeierter Sportler war, war er ständig auf solchen Events unterwegs. Heute? Er kann sich nicht mal mehr erinnern, wann er das letzte Mal unter Leute gegangen ist. Natalja hat ja auch schon gesagt, er mutiere langsam zu einem Eigenbrötler, Menschenmuffel und Sofa-Spezialisten. Okay, vielleicht hat sie auch nur »Couch-Potato« gesagt, aber was soll's. In den letzten Wochen hat ihn kaum noch etwas aus dem Haus gelockt - außer die Arbeit und die Ausflüge mit Natalja. Aber auch die werden immer seltener. Dabei könnte ein bisschen Abwechslung wirklich nicht schaden. Und wer weiß? Vielleicht ist der neue Q9 ja sogar was für ihn. Gucken kostet schließlich nichts! Da er am Samstag nicht im Fitnessstudio eingeteilt ist, trägt Rodrigo den Termin in seinen Kalender ein. Gratis Schampus, Häppchen und der Duft von neuen Autos - vielleicht sogar der Kauf eines neuen -, das klingt fast wie ein Plan.

Das Lied vorm Tod

MITTWOCH 26.03.2025

Joana

Irgendwo im Hintergrund nehme ich den Namen »Johanna« wahr. Weil mich seit gefühlten Jahrzehnten niemand mehr so nennt (außer Marco und meiner Mutter), reagiere ich nicht und schlendere weiter durch das Einkaufszentrum *City Concorde*.

»Hallo, ... Johanna?«, tönt die Stimme lauter, mit fragendem Unterton.

Mir dämmert plötzlich, dass ich tatsächlich gemeint sein könnte, also drehe ich mich um. Drei Sekunden später stehe ich einem hochgewachsenen, dunkelhaarigen Mann mit angegrauten Schläfen und unübersehbarem Bierbauch gegenüber. Seine graugrünen Augen, umrahmt von zahlreichen Lachfältchen, strahlen, als hätte er das große Los bei der Fernsehlotterie gezogen. Noch immer ratlos, wer mich gerade überschwänglich und mit breitem Grinsen begrüßt, lächele ich gezwungen und versuche, so zu tun, als hätte ich einen Schimmer.

»Wahnsinn. Du hast dich kaum verändert«, ruft er begeistert.

Du dich anscheinend schon, denke ich, bemüht, meinen grauen Zellen Hinweise auf bekannte Personen zu entlocken. Er verteilt unterdessen munter weitere Komplimente und stellt Fragen, wie es mir so ergangen ist, seit wir uns zuletzt gesehen haben. Als ihm auffällt, dass ich keine Antworten finde, legt er den Kopf schief: »Du hast keine Ahnung, wer ich bin, stimmts?«

Peinlich berührt nickend versuche ich, nicht ganz so deppert dreinzuschauen, wie ich mich fühle.

»Wir waren ab dem fünften Schuljahr an derselben Schule. Ich war eine Klasse über dir.«

Erleichtert über den triftigen Grund für meine Ignoranz (jemanden wiederzuerkennen, mit dem man vor einem gefühlten Jahrhundert nicht einmal in derselben Klasse die Schulbank gedrückt hat, ist immerhin keine Selbstverständlichkeit) rufe ich: »Hey, Thomas. Wie geht's dir? Was machst du hier?«

»Ich arbeite im Reisebüro.« Er deutet auf das We-love-to-travel-Schaufenster, aus dessen Richtung er gekommen ist. »Ich wollte gerade Mittagspause machen. Hast du Lust mitzukommen?«

Ich überlege kurz. Mein Baum, der Ficus-Benjamina, den ich heute umtopfen wollte, läuft nicht weg, und die Wäsche kann auch warten.

Fünf Minuten später sitzen wir im Café Oberweis. Thomas vor einer *Chocolat chaud Viennois maison* mit extra Sahne sowie einem Törtchen namens *Sao Tomé*, das aussieht wie ein viereckiger Schoko-Muffin - und ich, etwas bescheidener, vor einer Latte macchiato. Auf das zweite Törtchen, das er mir kulanterweise anbietet, verzichte ich mit den Worten: »Nein danke, ich habe meine tägliche Zuckerration heute Morgen mit einem gesüßten Kakao und einem Nutellabrötchen bereits gedeckt.« Und weil Sparsamkeit bei Brotbelägen noch nie meine Stärke war, dürfte die täglich empfohlene Menge an Zucker damit schon überschritten gewesen sein.

Er zieht die Brauen hoch. »Aha, du bist auf einem Gesundheitstrip! Bloß kein Gramm Fett und alle Kalorien zählen. Sage jetzt bitte nicht, dass du auch noch eine glutenfreie und laktoseintolerante Veganerin bist?«

Ich lache. »Nein, durchaus nicht. Aber ich übertreibe es auch nicht mit den Sachen. Und was Fleisch betrifft, wenn ich mir welches gönne, dann am liebsten von glücklichen Kühen.«

Nun lacht Thomas. »Woher willst du wissen, ob sie glücklich waren?«

»Ich lasse mir manchmal von einem Kollegen, dessen Bruder Bauer ist, Fleisch oder ein Suppenhuhn direkt vom Hof mitbringen. Schmeckt sowieso besser als aus dem Supermarkt.«

»Hmm, interessant. Würde ich auch gerne probieren«, schmunzelt er in einer Weise, die mich sofort das Thema wechseln lässt, bevor er auf die Idee kommt, sich auf ein Dinner mit glücklichen Steaks bei mir einzuladen. In der Hoffnung, auf eine positive Antwort, frage ich: »Bist du verheiratet?«

»Geschieden!«, antwortet er und sein Schmunzeln verwandelt sich in ein süffisantes Lächeln, das zweifellos andeutet, dass er wieder zu haben ist.

»Habt ihr Kinder?«, bemühe ich mich weiter, das Thema zu wechseln. Beim Stichwort ›Kinder‹ klappt das meistens.

»Ja, einen Sohn. Aber der studiert im Ausland und er ist sowieso eher ein Muttersöhnchen. Und du? Du hast doch sicher Kinder? Ich könnte mir vorstellen, dass sie total hübsch sind, jedenfalls, wenn sie der Mutter nachschlagen.«

Mist! Wenn ich jetzt ehrlich antworte, geht das Gespräch definitiv nicht in die gewünschte Richtung. Aber trotzdem kommt mir auf die Schnelle - außer der Wahrheit - nichts in den Sinn. »Erst wollte ich ...« Mir fällt ein, dass immer zwei dazu gehören, also korrigiere ich: »Also, *wir* wollten keine Kinder, dann hat es sich irgendwie nicht ergeben, und jetzt ist es zu spät, besser gesagt, möchte ich keine alte Mutter sein. Außerdem hält mich mein Job zu sehr auf Trab.«

»Du bist also verheiratet?«, fragt er und beißt voller Genuss in die schokoladige Süßigkeit.

Warum fragt er mich nicht einfach, was ich beruflich mache? Ich habe keine Lust, private Details loszuwerden, nur damit er anfängt, eventuelle Gemeinsamkeiten zu entdecken - wie zum Beispiel, dass ich auch bald geschieden sein werde. Und ein Flirt mit ihm steht ungefähr so weit oben auf meiner Prioritätenliste wie ein Zahnarzttermin. Trotzdem probiere ich ein Stückchen von dem Schokoladenzeug, von dem er ein Stück abgeschnitten und es mir fast schon feierlich vor die Nase gesetzt hat. Es wäre unhöflich, es nicht zu tun. Außerdem riecht das Teil viel zu gut ... und mmh ... schmeckt sündhaft lecker. »Hmnke«, entfährt meinem halbvollen Mund ein ziemlich unartikuliertes Geräusch, das ein »Danke« hätte werden sollen.

Er grinst, als hätte ich gerade etwas wahnsinnig Witziges gesagt. »Gern geschehen. Soll ich noch so ein Ding bestellen?«

»Nein, danke«, antworte ich, so deutlich es mit halbvollem Mund möglich ist. »Wie schon gesagt, ich habe meine Zuckerration für heute definitiv überschritten, und die von morgen und übermorgen gleich mit.« Da das Thema Essen bei einem Genussmenschen in der Regel eine gute Vorlage zum Themenwechsel bietet, wische ich schnell den Mund mit der Serviette ab, besonders die Ecken, wo sich für gewöhnlich unappetitliche Schokoladenspuren absetzen, wie bei meinem Gegenüber, und frage: »Du magst wohl gutes Essen?«

»Sieht man mir das an?«, lacht Thomas und reibt stolz seinen wohlgenährten Bauch. »Ich koche auch gerne. Aber du hast meine Frage noch nicht beantwortet, ob du verheiratet bist?«

»Ein Mann, der kocht, nicht schlecht!«, weiche ich aus. »Mein Mann hat sich nie in der Küche betätigt. Zugegebenermaßen, ich auch nicht. Wir waren beide viel zu beschäftigt und oft unterwegs.«

Jetzt wäre die Gelegenheit, endlich mit dem Thema Beruf anzufangen. Stattdessen fällt ihm auf: »Du sprichst in der Vergangenheit.«

Mist. Es bleibt mir also nichts anderes übrig, als ihn über meinen Status aufzuklären. Aber nicht, ohne ihm gleich darauf meinen Beruf auf die Nase zu binden.

»Sängerin?«, fragt er und setzt ein nachdenkliches Lächeln auf, bevor er sich nach vorne beugt und mir den Kopf entgegenstreckt, als wollte er mir die neuesten Pläne des russischen Geheimdienstes ins Ohr flüstern. »Welche Musik machst du und wo trittst du auf?«, fragt er stattdessen.

»Mal hier mal da. Meist private Feiern wie Geburtstage, Hochzeiten und Firmenevents«, spiele ich meinen Job runter, um sein Interesse nicht unnötig zu schüren.

»Heißt das, du machst Unterhaltungsmusik?«

»Genau.«

Jetzt grinst er und ich vermute, Geheimagent Thomas wird jeden Moment das Geheimnis lüften. Und tatsächlich, eine Sekunde später erfahre ich: »Dann interessiert es dich vielleicht, dass ich dir tolle Jobs vermitteln kann.«

Zugegebenermaßen werde ich hellhörig. »Okay?«, frage ich also.

»Unser Reisebüro arbeitet mit einer Eventagentur zusammen.«

»Interessant. Und wie darf ich mir das vorstellen?«

»Wir buchen Flüge und Unterkünfte für Musiker, die in Hotels, Ferienclubs und auf Kreuzfahrtschiffen Unterhaltungsmusik machen.«

Das klingt tatsächlich interessant. Faktisch gesehen klingt es sogar nach Volltreffer, nach Fügung einer höheren Macht.

Ich bestelle nun doch einen dieser viereckigen Muffins, dazu einen Minztee, und am Ende von Thomas´ Mittagspause begleite ich ihn bis ins We-love-to-travel-Büro, um vor seinem Schreibtisch als Kundin Platz zu nehmen.

»Eine Kurzreise möchtest du also buchen?«, fragt Thomas und grinst selbstzufrieden. Neben der ›glücklichen Fügung‹ (so hat er unsere Begegnung im Oberweis bezeichnet und im gleichen Atemzug erwähnt, dass er im sechsten Schuljahr in mich verschossen war) beschert ihm das Schicksal nun auch noch eine neue Kundin.

»Eine Woche darf es ruhig sein«, überlege ich laut, »sofern dafür Platz in meinem Terminkalender ist.« Ich zücke sofort das Handy, in dem alle Termine gespeichert sind.

»Die Dame scheint sehr beschäftigt zu sein?«, scherzt er.

Statt darauf einzugehen, scrolle ich durch die Kalender-App, und mir fällt auf, dass nächste Woche Ferien sind und außerdem kaum etwas in meinem Kalender steht. Nur ein Gig anlässlich der Geburtstagsfeier einer Arbeitskollegin, aber den kann ich problemlos absagen, weil sie erstens genügend Musiker kennt, um einen Ersatz zu finden, und zweitens war ohnehin keine große Gage im Spiel. Alle anderen Termine lassen sich problemlos verschieben. Hervorragend. »Ab Sonntag würde mir passen«, frohlocke ich.

»Das hört sich nach Last-Minute an«, lacht Thomas. »Und du sagtest, eine Woche darf es sein?«

»Genau. Montags muss ich wieder zur Schule.«

»Ich dachte, du wärst Sängerin?«, fragt er, gleichzeitig verwirrt und skeptisch.

»Was nicht selten damit einhergeht, dass man an einer Musikschule unterrichtet«, kläre ich ihn auf und schalte mein Handy auf stumm, das anfängt zu krächzen - der von mir gewählte Klingelton, der manchmal für lustige Reaktionen sorgt, wie beispielsweise die der fleißig auf der Computertastatur tippenden Dame am Schreibtisch gegenüber von Thomas mit rotem Kostüm und schwarzer runder Hornbrille. Ihr blonder Donut-Knoten wackelt gefährlich auf dem erschrocken hochfahrenden Kopf, bevor ihr Blick durch den Raum wandert, als würde jeden Moment eine fette Kröte aus einem der Prospektregale fallen oder unter einem der weißen Schreibtische hervorkriechen. Bis sie mein Schmunzeln und meine Hand am Handy sieht. Erleichtert und ein wenig verschämt lächelt sie zurück.

»Die Schulkameradin ist also auch noch Lehrerin geworden. Respekt«, flirtet er weiter, was mir langsam auf den Keks geht, aber da muss ich jetzt durch. Immerhin kann er mir Jobs in ganz Europa vermitteln, inklusive Ägypten, Marokko, Tunesien und Dubai - typische Urlaubsziele halt, und das klingt mehr als verlockend. Dafür nehme ich das Süßholzgeraspel gerne noch eine Weile in Kauf. Auch die in Luxemburg üblichen drei Wangenküsschen. Diesen folgten jedoch völlig unvorhersehbar eine überflüssige Umarmung, danach ein Hochheben und Umdie-eigene-Achse-Drehen, und außerdem das verständnislose Augenrollen und missbilligende Kopfschütteln seiner Arbeitskollegin. »Bis bald, mein Sonnenschein«, ruft er mir dann noch hinterher. Ich bemühe mich um ein zuckersüßes, freundliches Lächeln und winke zum Abschied. Wer weiß, wann ich seine Hilfe gebrauchen kann.

Jetzt aber nichts wie weg, bevor ihm weitere Komplimente einfallen. Ach ja, das Handy hatte geklingelt ... Der verpasste Anruf kam von Marco. Gleich danach eine SMS: *Du hast angerufen?*

Stimmt. Wegen Samstagabend und dem Zeitungsartikel. Das muss aber jetzt warten. Es wird nämlich höchste Zeit, mich auf den Weg zur Musikschule zu machen.

Das Lied vorm Tod

Das Lied vorm Tod

DONNERSTAG
3. APRIL 2025

Kriminalkommissar Thill

Seit wann interessiert es dich, wie es Jamals Familie geht und wo sie herkommen?«, fragt Thills Tochter spitz, mit einem deutlichen Unterton von Sarkasmus und blickt vom Handy auf.

»Essen ist fertig!«, tönt die Stimme von Frau Thill aus der Küche dazwischen. »Setzt euch schon mal an den Esstisch!«

Thill seufzt, richtet sich mit sichtlicher Widerwilligkeit von der Couch auf und trottet langsam Richtung Tisch. »Komm, beweg dich auch mal«, sagt er zu seiner Tochter, die im Sessel hängt wie ein nasser Sack. »Nur, wenn du mir sagst, woher dein plötzliches Interesse an Jamal und seiner Familie kommt.«

»Man wird doch wohl noch fragen dürfen«, murmelt Thill, der inzwischen schon auf einem der Stühle Platz genommen hat. »Und jetzt komm, sonst gibt's wieder Ärger.«

Die Tochter stöhnt dramatisch, rollt mit den Augen und steht schließlich doch auf. Das Handy bleibt natürlich fest in ihrer Hand. »Zufrieden?«, fragt sie schnippisch, setzt sich ebenfalls an den Esstisch, legt ihr Handy auf den Tisch und schaut ihn prüfend an: »Und jetzt sag schon, warum du dich plötzlich für Jamal interessierst.«

Er mustert seine Tochter einen Moment, bevor er sich lässig zurücklehnt. »Ach, nur so«, sagt er und zuckt die Schultern, als wäre es tatsächlich nebensächlich.

»Nur so? Du interessierst dich doch sonst nie für meine Freunde. Was ist los?« Ihr Tonfall ist neutral, fast kalt, aber in ihren Augen liegt die Spur eines Vorwurfs.

»Man wird ja wohl noch fragen dürfen. Du wohnst schon halbwegs bei deinem ...«, er verkneift sich das Wort ›Macker‹ und sagt stattdessen ›Freund‹, »bist kaum noch zuhause, und trotzdem habe ich keine Ahnung, was du so machst. Oder mit wem.« Seine Stimme ist ruhig, fast zu ruhig, wie immer, wenn er ein Gespräch lenken will, ohne sich zu verraten.

»Mit wem?« Sie zieht eine Augenbraue hoch, eine Geste, die sie offensichtlich von ihm geerbt hat.

»Ja, zum Beispiel mit deinem Freund. Jamal Haddad heißt er, richtig?« Er greift nach der vollen Wasserkaraffe, die auf dem Tisch steht, schenkt sich ein und nimmt einen kräftigen Schluck. Dann stellt er das Glas mit einer fast demonstrativen Langsamkeit zurück auf den Tisch. »Ich kenne ihn nicht, weiß nichts über ihn oder seine Familie. Und du bist meine Tochter. Ich finde, das ist eine berechtigte Frage.«

»Und jetzt plötzlich willst du alles wissen? Das ist ja mal ganz was Neues.« Sie lehnt sich vor, legt die Arme auf den Tisch und guckt ihn skeptisch an. »Weißt du was, Papa? Ich glaube nicht, dass dich Jamal oder seine Familie wirklich interessiert.«

Er schaut sie lange an, seine Miene bleibt unbewegt. »Vielleicht interessiert es mich aber doch«, sagt er und erwidert ihren Blick. »Du bist schließlich in einem gewissen Alter. Da könnte es doch sein, dass mal einer deiner Freunde Teil der Familie wird.«

Die Küchentür schwingt auf, und seine Frau stellt die dampfende Suppenschüssel auf den Tisch. Sie hat sich nicht die Mühe gemacht, die Suppe in hübschen Einzelportionen zu servieren. Stattdessen klappert sie kurz mit den Tellern und setzt sich ohne ein Wort. »Es gibt Suppe. Fangt an«, sagt sie knapp und füllt ihren Teller.

Die Tochter starrt ihren Vater noch einen Moment an, bevor sie zur Kelle greift. »Vielleicht solltest du Jamal einfach selbst fragen«, sagt sie schließlich, kühl und sachlich. »Wenn du's wissen willst.«

»Vielleicht mache ich das«, antwortet Thill, ohne erkennbare Emotion in der Stimme.

»Worum geht's?«, fragt die Mutter schließlich, neugierig geworden. Sie bemerkt die angespannte Atmosphäre. Die Tochter erklärt es ihr knapp, worauf die Mutter eine Augenbraue hochzieht und ihren Mann ebenfalls skeptisch begutachtet. Es scheint, als würde sie sich ihre Gedanken machen, bevor sie mit einem unaufgeregten, fast pragmatischen Vorschlag reagiert. »Bring ihn doch einfach am Samstag zum Essen mit«, schlägt sie vor.

Das Lied vorm Tod

SAMSTAG
05. APRIL 2025

Joana

Der Koffer ist im Weg«, beschwert sich Felix, nachdem er am Samstagmorgen unter lautem Fluchen und Gejammer, bei dem vor allem das Wort »Autsch« hervorsticht, sein Schlafzimmer verlassen hat. Ich vermute, er hat sich die Zehen gestoßen. Eigentlich wollte ich den Koffer gestern Abend ins Bad schieben, um die Kosmetikutensilien samt Kulturbeutel für den Urlaub einzupacken, wurde dann aber von einer eingehenden SMS abgelenkt. Sie kam von Marco. Daraufhin bin ich schnurstracks mit dem Handy ins Bett gegangen, für den Fall, dass ich die Antwort auf meine Frage bezüglich seiner Kenntnisse über das Rotlichtviertel besser im Liegen lese. Doch sie ist kurz, knapp und unverfänglich:

Hol mir manchmal nach Gigs dort was zu essen, weil woanders zu ist.

Dann geht er also nicht heimlich irgendwelchen illegalen Sachen nach oder »schaut bei den Damen vorbei«? Andererseits, wenn es wirklich so wäre, warum sollte er es zugeben? Ich beschließe, nicht weiter drüber nachzudenken, rufe meinem Göttergatten ein »Sorry« zu und räume das Feld, bei dem es sich in diesem Fall ums Bad handelt. Er hat angeblich gegen Mittag einen Geschäftstermin (wahrscheinlich geht er mit seiner Tussi shoppen). »Ab elf Uhr möchte ich das Bad für mich haben. Heute Nachmittag habe ich einen Gig und ich will mir vorher die Haare waschen. Bis die trocken sind, dauert eine Weile und dann muss ich noch ...«

»Geht klar«, fällt er mir ins Wort und macht sich im Bad breit. Beim Hinausgehen überlege ich, was ich noch im Koffer verstauen muss. Mit dem Packen habe ich gestern Abend schon angefangen, weil ich heute nicht viel Zeit haben werde: Ich bin von einem Autohaus anlässlich eines Firmenjubiläums engagiert worden. Außerdem wird im Zuge dieses Anlasses der neue Audi Q9 vorgestellt. Das bedeutet für gewöhnlich: relaxte Jazzmusik beim Sektempfang, Mikrofon für Ansprachen der Geschäftsleitung zur Verfügung stellen, leichte Unterhaltungsmusik zwischendurch und pünktlich Feierabend machen, was heute bereits um 19:00 Uhr der Fall sein wird. Danach übernimmt ein DJ.

Der Gig ist in der Tat relaxt und die Zeit vergeht wie im Flug, obwohl es zwischendurch immer wieder Spielpausen mit zähen Reden gibt. Zum Zeitvertreib bediene ich mich an den appetitlich aussehenden Häppchen, die von dienstbeflissenen, adretten Kellnerinnen und Kellnern als Tarte soleil, Acras de poulet, Gressins au gruyère et au cumin, Gaspacho concombre et avocat, Crostini à la scamorza fumée, mousse de tomate und Tartelette au guacamole angepriesen und mit freundlichem Lächeln unter die Leute gebracht werden, und begutachte die neuen Autos und Fans derselben. Unter den sportlichen Herren mittleren Alters mit klassischem Poloshirt oder Camp David Hemd und den mit Schlips, Kragen und Bierbauch ausgestatteten Herren älteren Semesters sticht ein bis zu den Haarspitzen durchtrainierter Typ - schätzungsweise Anfang oder Mitte 30 - in enganliegendem, schwarzen Rollkragenpulli und Röhrenjeans hervor. Er hat ein paar Mal zur Musik hinübergeschielt, was ich natürlich mit einem leichten Entzücken bemerkt und erwidert habe. Und ganz sicher hat er auch das »Dich würde ich nicht von der Bettkante stoßen« in meinen Augen gelesen - diese Gedanken lassen sich schließlich schwer verbergen, wenn sie einmal da sind. Ein bisschen Flirten gehört dazu, denke ich. Es hebt die Laune, bringt Schwung in den Abend - und ist definitiv gut fürs Geschäft. Andererseits: Was will ich mit so einem jungen Spund? Viel zu anstrengend. Doch als er mir zwischen zwei Songs ein Glas Schampus in die Hand drückt, gefolgt von einem glasklaren »Eine tolle Stimme. Kompliment«, merke ich, wie sich ein Schmunzeln auf meinen Lippen breitmacht. »Dankeschön«, sage ich und lasse den Blick über den Rand des Glases zu ihm gleiten.

Er scheint allein hier zu sein und sich zu langweilen oder er möchte sich vom allgemeinen Getümmel, lästigen Verkaufsgesprächen oder überflüssigem Smalltalk fernhalten. Und er hat mich geduzt. »Bist du auch Musiker?«, frage ich. Vielleicht will er ja was zum Besten geben oder er sucht Gigs?

»Nö, ich arbeite in einem Fitnessstudio.«

So siehst du auch aus, und du suchst sicher eine neue Kundin.

»Und was hat dich hierhin verschlagen?«, frage ich.

»Der neue Q9 natürlich, was sonst?«, antwortet er grinsend, hebt das Glas und legt den Kopf schief. » Cheers ... eh ...?«

»Joana«, komme ich seinem erwartungsvollen Blick entgegen.

Gläser klirren.

»Rodrigo.«

»Cheers, Rodrigo. Schön dich kennenzulernen.« Ich nippe am Schaumwein. »Und so einen Wagen kann man sich als Fitnessstudioangestellter leisten?« Die Frage kann ich mir nicht verkneifen.

»Nö«, antwortet er. »Aber ich habe noch ein anderes Standbein.«

»Aha?« Doch bevor ich herausfinden kann, was das denn sein soll, ist er verschwunden. Egal. Ich habe sowieso gleich Feierabend und morgen geht´s ab nach Spanien. Ich stelle das Glas, dessen Inhalt ich aus fahrtechnischen Gründen nicht zu trinken gedenke, auf einem der zahlreichen Bistrotische ab und freue mich auf morgen - aber auch ein bisschen darüber, dass mich dieses Sahneschnittchen angesprochen hat.

Kriminalkommissar Thill

Thill ärgert sich schon den ganzen Morgen. Hätte seine Frau nicht den Macker der Tochter eingeladen, dann hätte er sich heute Nachmittag ins Auto gesetzt, um der Einladung seines Audi-Händlers zu folgen. Durch die nach neuen Autos duftenden Hallen zu flanieren, einen Blick unter die Motorhauben mit den blitzblanken, jungfräulichen Motoren zu werfen (er wollte in präpubertären Jahren Automechaniker werden), wäre ihm deutlich lieber als die Inquisition des für ihn unbequemen Hausgastes, der zu seiner Linken neben der Tochter sitzt und mit dem Schälen des ›Grußes aus der Küche‹ beschäftigt ist: eine Garnele in Knoblauch, dekoriert mit einer Kirschtomate und Basilikum.

»Essen Sie in ihrem Land auch Garnelen?«, fragt er, weil ihm nichts Besseres einfällt. Er mag eigentlich kein Gesieze, und schon gar nicht, wenn sein Gegenüber wesentlich jünger ist. Aber er wird sich hüten, diesem Knilch ein Du anzubieten. Nicht, solange er keine Ahnung hat, ob der Typ Dreck am Stecken hat. Und selbst wenn nicht ... Was seine Tochter bloß an der Schießbudenfigur mit dem affigen Kinnbart und den Labradoodle Locken findet? Seine Frau hat ihm eben in der Küche zugeflüstert, der wäre doch ganz süß. Ja, wie eine Pflaume, hat er gedacht, und damit nicht das Steinobst aus der Familie der Rosengewächse gemeint. Ob der einen Nagel in die Wand schlagen kann, ohne hinterher einen Krankenwagen und einen Anstreicher rufen zu müssen? Seine Tochter malt leidenschaftlich gern. Schon früher klebten DIN A6 Blätter mit Wachsmalkreide- und Filzstiftzeichnungen auf sämtlichen Küchenwänden und Kühlschranktüren. Heute benutzt sie Aquarellfarben und malt auf Leinwände. Und zum Aufhängen dieser auf Holzrahmen befestigten Bilder muss nun mal ein Nagel in die Wand.

»Natürlich«, antwortet der Labradoodle artig. »Kennen Sie nicht Pilpil, eine marokkanische Tajine?«

Kennt er nicht und er weiß auch nicht, was eine Tajine ist, vermutet aber, dass Garnelen drin sind.

»Sein Vater kocht superleckere Eintöpfe und Suppen«, kommt ihm seine Tochter zu Hilfe.

»Couscous kennen Sie doch ganz bestimmt?«, fragt der Bengel nun.

»Ja sicher, sicher«, antwortet Thill schnell und findet, dass jetzt ein guter Zeitpunkt wäre, um dem Grünschnabel auf den Zahn zu fühlen, bevor dieser sich weiter aufspielt und er sich kulinarisch blamiert – er hat sich nie fürs Kochen interessiert und er kann auch nicht verstehen, warum sich alle Welt lieber beim Chinesen, Brasilianer, Mexikaner oder Inder zum Essen verabredet. Oder, gottbewahre, in den Restaurants, wo dieses Sushi Zeugs serviert wird. Er gibt sich mit einfacher, traditioneller Küche zufrieden: Kniddele mat Speck, Träipen, Bouneschlupp, Judd mat Gaardebounen ... Gute Luxemburger Hausmannskost halt. Zum Italiener oder Portugiesen kriegt ihn seine Familie auch noch mitgeschleppt, aber all dieser andere ausländische Fraß. Seine Frau dagegen experimentiert schon mal ganz gerne. Deswegen wohl auch dieses blöde Schalentier, das bereits zerlegt auf seinem Teller liegt und ihn von seiner eigentlichen Mission abhält. Er steckt es mit Verachtung in den Mund und versucht, seine Gedanken wieder auf die Spur zu bringen. Eben kam ihm nämlich ein Adjektiv zu Ohren, das ihm überhaupt nicht gefallen hat. Aber genau da muss er jetzt einhaken - auch auf die Gefahr hin, dass ihm schon vor dem Hauptgang der Appetit gründlich verdorben wird. »Sie kommen also aus Marokko, wenn ich das richtig verstanden habe?«

»Mein Vater ist Marokkaner, meine Mutter kommt aus den Niederlanden, hat aber väterlicherseits tunesische Wurzeln.«

Aus den Niederlanden also, denkt Thill. Sofort fallen ihm unzählige Akten in Bezug auf dieses Land ein, die im Laufe der Jahre über seinen Tisch gegangen sind; sie hatten alle mit Drogen, Schmuggel und Prostitution zu tun. Deswegen forscht er nach: »Und ihre Eltern, wie lange wohnen sie schon in Luxemburg?«

»Seit 19 Jahren.«

»Haben sich Ihre Eltern in Luxemburg kennengelernt?«

»Nein. Sie haben sich in Amsterdam kennengelernt vor genau 22 Jahren.«

Als Thill nach weiteren Fragen - die Jamal knapp, aber höflich und mit langsam anfliegendem Argwohn beantwortet - erfährt, dass dessen Eltern und Verwandte in ganz Europa orientalische Restaurants und Shisha Bars betreiben, wandern seine Spekulationen unwillkürlich weiter in Richtung Mafia und Geldwäsche. Der Labradoodle wird ihm zunehmend unsympathisch, was seiner Tochter nicht entgeht. Giftige Pfeile schießen aus ihren Augen, die ihm spätestens jetzt den Appetit verderben würden, wäre ihm dieser nicht schon vor der Suppe abhandengekommen. So beschließt er, es für heute gut sein zu lassen, nimmt sich aber vor, bei der nächsten Gelegenheit ein ernstes Wörtchen mit seiner Tochter zu wechseln.

Nach dem Pfeffersteak mit grünen Bohnen und Kartoffeln gibt er vor, austreten zu müssen. Stattdessen schleicht er ins Wohnzimmer zum Spirituosenschrank, um sich einen Buff hinter die Binde zu kippen. Ohne Digestiv kriegt er keinen Bissen mehr runter. Nicht einmal eine von den köstlichen Madeleines, eine Spezialität der Luxemburger Starköchin Léa Linster, die seine Frau gestern aus einem Geschäft in der Rue de l´Eau besorgt hat und gleich mit dem Kaffee servieren wird.

»Was sollte die Fragerei bei Tisch heute? Du warst ja schlimmer als ein Waschweib«, moniert seine Frau in Slip und Schlafshirt und stellt Zahnbürste und Zahnpasta zurück in den Becher, während sie ihrem Gatten über den Badspiegel ins Gesicht schaut, das er sich mit dem Handtuch abtrocknet.

»Man wird wohl noch fragen dürfen«, brummt er und kratzt einen Zahnpastafleck vom Schlafanzughemd ab.

Seine Frau schüttelt den Kopf und macht sich bettfertig.

Zwei Stunden später.

Thill reibt sich die Augen, als er am Tatort erscheint. Im Gegensatz zu seinem Geist, der bei der Nachricht eines Ermordeten mit Kopfschuss auf dem Parkplatz des Audi-Händlers seines Vertrauens am Telefon sofort hellwach war, befinden sich die Augen noch im Schlafmodus. »Sollte noch einmal ein ähnlicher Mord vorkommen, dann ruft mich auf der Stelle zum Tatort«, hatte er seine Kollegen vor ein paar Tagen instruiert, nachdem er wieder mal haareraufend am Schreibtisch gesessen hatte, »auch wenn es mitten in der Nacht ist.« Und das hatte er jetzt davon. Natürlich hatte er zu dem Zeitpunkt nicht damit gerechnet, dass so eine Tat nochmal verübt wird. Nicht so schnell, nicht in diesem Land, und nicht schon wieder in seinem Revier. Das hatte es noch nie gegeben. Seine Überlegung wird unterbrochen, als einer von der Spurensicherung auf ihn zukommt, um ihm vom derzeitigen Stand der Dinge zu berichten.

»Haben Sie den Namen des Opfers herausgefunden?«, bellt er den jungen, bis zum Hals tätowierten Polizisten an, um sich Respekt zu verschaffen. Einerseits. Andererseits tut er es, um sein Gähnen zu überspielen.

»Selbstverständlich Herr Kommissar«, bellt das Tattoo zurück und deutet auf den weißen Audi Q8, der keine zehn Meter entfernt auf dem Autohausparkplatz steht und dem Opfer gehört, wie ihm bereits mitgeteilt wurde. »Sein Name ist Rodrigo da Silva. Das konnten wir anhand der Kreditkarten und des

Ausweises feststellen. Die Sachen liegen in einer Plastiktüte hinterm Wagen.«

»Danke«, nuschelt Thill, während er nach einer Erklärung sucht, wie es sein kann, dass jemand auf einem öffentlichen Parkplatz nach einer öffentlichen Veranstaltung zeugenlos erschossen wird. Bei dem Gedanken an ›Veranstaltung‹ klingelt es plötzlich, und die kommissarischen Zahnräder im Kopf beginnen zu rotieren: Zum Zeitpunkt des Mordes in der Rue du Fort Neipperg fand ebenfalls eine Veranstaltung statt – so wie auch damals bei McKinsey. Das sollte auf jeden Fall genauer untersucht werden, findet Thill, obwohl ihm der Gedanke absolut nicht schmeckt. Viele Zeugen, viel Arbeit! Dabei sind seine Kollegen und er nicht einmal durch mit dem Vorknöpfen aller IT-Gesichter, die auf der Veranstaltung in dem Hotel-Restaurant waren, aus dem aller Wahrscheinlichkeit nach der Schuss abgefeuert wurde. Bei einer Veranstaltung wie dieser hier, wo Menschen den ganzen Tag ein- und ausgehen ... Ihm dreht sich jetzt schon der Kopf.

Joana

Sometimes I wonder, where to go. I really wonder, but I don´t know ... Manchmal schwirren in meinem Kopf Melodien, manchmal kommen mir Sätze in den Sinn, die sich für einen Song eignen. Manchmal kommt beides gleichzeitig, so wie jetzt. Dummerweise habe ich vergessen, das Handy aus dem Rucksack zu nehmen, der im Stauraum über den Sitzen des Urlaubsfliegers deponiert ist. Aber weil wir gerade gestartet sind und Anschnallpflicht besteht, muss die Idee noch eine Weile im Kopf verweilen, bevor ich sie aufschreiben kann. Sehr schwierig, wenn die Sitznachbarin ein Gespräch anfangen möchte. »Wo verbringen Sie denn Ihren Urlaub?«

»Chiclana«, antworte ich kurz angebunden. *Sometimes I wonder where to go. I really wonder, but I don´t know ...*

»Und welches Hotel haben Sie gebucht?«, versucht sie weiter das Gespräch in Gang zu bringen.

»Ferienclub«, murmele ich. *Sometimes I wonder, where to go. I really wonder, but I don´t know ...*

»Ah, ja, schön ...«, höre ich sie noch sagen, dann schalte ich die Ohren auf Durchzug und nehme mir das Bordmagazin vor. Sie scheint zu kapieren, dass ich nicht gestört werden möchte, greift ebenfalls nach einem Magazin und schweigt.

Sometimes I wonder where to go. I really wonder, but I don´t know ... wiederhole ich die Zeile mantraartig im Kopf, damit sie nicht entfleucht. Zumal sich die nächste Zeile anbahnt, was die Sache noch schwieriger macht ... *Should I be turning left, or should I be turning right* ... Ist zwar eine etwas eigenartige Formulierung. Wahrscheinlich würde man eher fragen: *should I turn right or left*?, aber das passt nicht zu der Melodie in meinem Kopf - und ein bisschen künstlerische Freiheit sollte erlaubt sein.

Unmittelbar nachdem das rote Lämpchen zum Anschnallen erloschen ist, springe ich auf, befreie mein Handy aus dem Stauraum und laufe zur Toilette, wo ich die Recording App einschalte und die Song Idee einsinge. Deutlich entspannter kehre ich zum Sitz zurück und nicke meiner Nachbarin freundlich zu. Die scheint jedoch zu verwundert zu sein, um zu reagieren, was wiederum nicht verwunderlich ist, weil ich sie ja bis jetzt konsequent ignoriert habe. Erst als ich mich über ihren Schoß hinweg und in den Sitz gequetscht habe, nickt sie freundlich zurück, unternimmt aber keinen weiteren Konversationsversuch, was mir durchaus recht ist. So habe ich den Rest des Flugs Zeit, weitere Ideen und Songfetzen zu ersinnen und den Zustand, in dem ich mich befinde, zu beschreiben. Musikalische Psychotherapie nenne ich es.

Als das Zeichen zum Anschnallen ertönt, habe ich einen halbfertigen Song im Kopf und weitere Stichwörter im Handy gespeichert: *How can I move on ... Where´s the roadmap to my center, to my show ... I´ve got a long way, but I wait ...*

MONTAG
07. APRIL 2025

Kriminalkommissar Thill

Thill sitzt grübelnd hinter dem schweren, massiven Schreibtisch aus Eiche, der dem ›Resolut Desk‹ des US-Präsidenten nicht unähnlich sieht. Anfangs fand er das vom Vorgänger hinterlassene antike Stück prahlerisch und geschmacklos, doch mit den Jahren hat er sich daran gewöhnt und findet, es wirkt ziemlich respekteinflößend, was bei der zunehmend respektlosen Gesellschaft heutzutage keinesfalls ein Nachteil ist. Er streicht über die Blätter des Notizbuches, das bereitliegt, eventuell aufkommende Ideen zur Lösung des Falles schriftlich festzuhalten, und spult die Gedanken 16 Jahre zurück. Der Mord an dem Basketballer war zwar vor seiner Zeit passiert, und er selbst hatte nie etwas mit dem Fall zu tun gehabt, aber er kann sich noch genau daran erinnern. Es gab keine Zeitung im Land, die nicht ausführlich darüber berichtet hatte. Vor allem die Boulevardpresse hatte kein gutes Haar an der hiesigen Polizei gelassen, die sich, ihrer Meinung nach, anstellte wie die hinterletzten Provinzler, völlig unfähig sei, sich ein Armutszeugnis ausstellte und für solche Fälle doch besser Profis aus dem Ausland beauftragen sollte und so weiter ... Er kann sich auch daran erinnern, dass die Schlagzeilen genauso schnell versiegten, wie sie aufgekommen waren, der Fall nie gelöst und auch nie wieder aufgegriffen worden war. Nicht einmal sein Vorgänger, Protzer war sein Name, hatte ein Sterbenswörtchen darüber verloren, während Thill sich unter dessen Fittichen eingearbeitet hatte.

Vor einer Woche hat sich Thill in seinem Büro auf die Suche nach Akten und Papieren gemacht. Vergeblich. Er ließ in Archiven wühlen, beauftragte sämtliche Polizeidienststellen im Land, ihre Unterlagen zu durchforsten, doch die bisherigen Antworten waren dürftig und beschränkten sich auf: »Dafür waren wir nicht zuständig«, »Der Fall wurde vom Ausland übernommen«, bis »Nicht auffindbar« oder »Ad acta gelegt«. Es war, als hätte der Fall nie existiert.

Er fährt den Computer hoch. Der verliert so schnell nichts und legt auch nichts ad acta, denkt er und tippt die Schlagwörter *Kopfschuss*, *2010* und *Rodrigo da Silva* ein. Dabei stößt er tatsächlich auf Informationen. Unter anderem auf den Namen des Mordopfers: Alex McKinsey. Und siehe da, dieser McKinsey war ebenfalls Basketballspieler und in derselben Mannschaft gewesen wie Da Silva. Hatte Thill bei der Identifizierung der Mordwaffe nur einen Verdacht gehabt, dass zwischen den beiden Verbrechen ein Zusammenhang bestehen könnte, so sieht er ihn jetzt bestätigt. Aber wieso findet er nichts in den Akten? Vielleicht sollte er einmal mit seinem Vorgänger ein Bierchen trinken gehen.

Hauptkommissar a.D. Protzer

Protzer liegt schlaflos im Bett. Ein mulmiges Gefühl lässt ihn nicht zur Ruhe kommen. Er hat sowohl aus dem Tageblatt als auch aus dem Luxemburger Wort von dem zweiten Mord erfahren. Die Art und Weise der Tat und der Name des Opfers »Rodrigo da Silva« wären an sich genug Input gewesen, um ihn zu beunruhigen. Es erinnert ihn an den Fall vor 16 Jahren, der Mord an McKinsey, an dessen Ermittlungen er maßgeblich beteiligt gewesen war: Damals war er mit einem blauen Auge davongekommen - ebenso wie der Mörder (was dieser ausschließlich ihm zu verdanken hatte). Aber nein, dann rief heute auch noch sein Nachfolger, dieser Thill an. Ein dummer Schnüffler, wie er findet. Thill wollte ihn auf ein Feierabendbierchen einladen, aber er hat dankend abgelehnt und behauptet, er hätte diese Woche keine Zeit. Dass dieser Thill ihn ausgerechnet jetzt kontaktiert, nachdem er selbst über sieben Jahre das Polizeirevier nicht mehr betreten hat, erscheint ihm suspekt. Es schürt seine Angst umso mehr, die Geschichte von damals könnte auffliegen. Obwohl er bei der Unterschlagung von den Dokumenten, die zur Aufklärung des Falles geführt hätten, wirklich gründlich vorgegangen ist. Wahrscheinlich steht dieser Thill aufgrund dessen vor einem Rätsel. Oder auch nicht? Was fatal wäre. Protzer denkt nach. Vielleicht sollte er sich doch mit diesem Thill treffen? Dann könnte er herausfinden, was dieser von ihm will und bezüglich der neuen Morde weiß. Am besten wäre ein Treffen kurz vor Feierabend. Weiß er doch selbst, wie ungern die Kollegen Überstunden machen. So könnte er das Gespräch möglichst kurzhalten. Gott bewahre, die Sache mit dem Schweizer Konto fliegt auf. Das wäre eine mittlere Katastrophe. Ach was, ein hochgradiger Tsunami. Einer, der ihm den Boden unter den Füßen wegreißt. Und nicht nur ihm. Es ist nämlich so, dass auch noch andere von dem Geld profitieren, das dort deponiert ist. Aber der kleine auserwählte Kreis von sechs nach außen hin unbescholtenen und mustergültigen Männern lebt im Glauben, Protzer hätte das Geld geerbt. Und zwar hinter dem Rücken seiner Frau, weswegen es keinem seiner Kumpels in den Sinn käme, seine Angetraute darüber aufzuklären. Sie alle erfreuen sich seit 16 Jahren an den Möglichkeiten, die das Geld bietet. Vor 16 Jahren haben sie ihren »kleinen privaten Kegelclub« gegründet - wie sie es nennen. Seitdem treffen sie sich einmal in der Woche zum Kegeln oder Kartenspielen - oder einfach nur zum Schein, was meistens der Fall ist. Denn jedes der Mitglieder hegt ein kleines privates Geheimnis. Und das wird von allen gehütet wie die Kronjuwelen des englischen Königshauses. Damit sie bei ihren Treffen möglichst anonym bleiben, suchen sie jedes Mal ein anderes Lokal auf, was durchaus auch im benachbarten Ausland sein darf - eine Sicherheitsmaßnahme, damit ihre Gattinnen nicht überraschenderweise in einer vermeintlichen

Stammkneipe auftauchen. Denn dann könnten unter Umständen gleich mehrere Dinge auffliegen: Einer der Ehemänner hat eine Affäre mit der Lehrerin des Sohnes. Ein anderer hegt sexuelle Neigungen, die er mit seiner Gattin niemals ausleben könnte. Ein weiterer müsste zugeben, dass er sich mehr oder weniger regelmäßig mit der coolen Mutter seines coolen, unehelichen Sohnes trifft, der zwar mittlerweile alt genug ist, samstagabends selbst auf Tour zu gehen, aber seinen Vater ebenfalls cool findet und ihn hin und wieder sehen möchte. Wie sich daraus schließen lässt, hat der coole Vater keine coole Ehefrau, und deswegen wird es auf ewig ein Geheimnis bleiben müssen, dass er die coole Mutter seines coolen Sohnes (die nie heiraten, aber ein Kind haben wollte) erst geschwängert hat, nachdem ihm seine nun Angetraute damals das Eheversprechen abgelockt hatte. Zu seinem Glück wohnt die coole Mutter im Ausland, hat nie Alimente gefordert und ihn auch von sonstigen Verpflichtungen entbunden. Abgesehen von dem Versprechen, ihren gemeinsamen Sohn gelegentlich zu besuchen, damit dieser weder mit einer Lüge noch mit einem Phantomvater aufwachsen muss. Aufgrund all der ›kleinen Geheimnisse‹ wähnt auch Protzer das seine in Sicherheit, zumal er sich großzügig als Sponsor für gelegentliche Männerurlaube anbietet - zumindest, was die Aktivitäten am Urlaubsort angehen. Die Flüge übernehmen die einzelnen Parteien selbst. Sonst würde ja auffallen, dass irgendetwas nicht stimmt. Zwar gehören Polizeibeamte in Luxemburg nicht zu den Mindestlohnverdienern, aber sie verdienen auch nicht genug, um regelmäßig den Erwerb von Flugzeugtickets für Freunde zu rechtfertigen. Am Reiseziel angekommen läuft dann alles nach dem Motto: *What happens in Vegas, stays in Vegas* – auch wenn es sich bei den Reisezielen nie um die Spielmetropole in Nevada handelt. Einmal hatte Protzer eine Yacht in Nizza gemietet. Zu dieser Reise war auch der coole, in der Endphase der Pubertät befindliche Sohn des coolen Vaters eingeladen, der daraufhin eine knappe Woche staunend die coolen Freunde seines coolen Vaters bewunderte, die allesamt nicht müde wurden, ihn mittels anschaulicher Beispiele aufzuklären, wie sich Frauen von Geld beeindrucken und, wenn es gut läuft, flachlegen lassen.

Ach ja, die beiden noch nicht erwähnten Herren hüten zurzeit kein Geheimnis. Die Gattin des einen hatte dessen Handy ausspioniert, woraufhin sich kurz danach der Familienstand änderte: »Geschieden«. Der andere war nie verheiratet, profitiert aber gerne von der Gesellschaft seiner ehemaligen Schulkameraden (und den gemeinsamen Kurzreisen oder Wochenendtrips), und, na ja, gelegentlich dann doch von dem regelmäßigen ›Freifahrtschein‹, wenn er zwei Beziehungen am Laufen hat, was nicht selten vorkommt.

Protzer rückt sich zum hundertsten Mal das Kopfkissen zurecht und dreht sich um, in der Hoffnung, endlich einzuschlafen.

DIENSTAG
08. APRIL 2025

Kriminalkommissar Thill

Thill macht sich auf seinem Arbeitsplatz zum x-ten Mal auf die verzweifelte Suche nach Spuren, Hinweisen, Kontakten - kurz: nach allem, was ihn zum Mörder des ehemaligen Basketballspielers führen könnte. Das Einzige, was er bis jetzt herausgefunden hat: Rodrigo da Silva hat es meisterhaft verstanden, unterm Radar zu fliegen. Kein Facebook, kein Twitter, kein Instagram und auch keine Einträge im Netz. Jedenfalls keine rezenten. Die letzten versiegten im Jahr 2011. Im Jahr, in dem er aufgehört hat, Basketball zu spielen und die Ermittlungen im Fall McKinsey ans Ausland übergeben wurden, weil ein internationaler Drogenring dahinter vermutet wurde, möglicherweise sogar ein Kartell. Oder war seinem Vorgänger die Sache zu heiß geworden und er wollte sich verdeckt halten? Vielleicht waren ihm die Schlagzeilen rund um den Fall zu peinlich gewesen, um mit seinem Nachfolger darüber zu sprechen und diesen vom damaligen Stand der Ermittlungen zu berichten? Tatsache ist jedenfalls, dass Thill noch keinen Schritt vorangekommen ist. Dieser angeblich unter Zeitdruck stehende Protzer, den er bei weitem nicht so gestresst in Erinnerung hatte, wie damals, als dieser noch im Dienst war, war überhaupt keine Hilfe gewesen. Er hofft, heute Nachmittag bei der Familie von Rodrigo da Silva mehr Glück zu haben.

»Kommen Sie doch herein, Herr Kommissar«, sagt der Vater von Rodrigo da Silva und streckt ihm die Hand entgegen. Ein kräftiger Mann, für portugiesische Verhältnisse recht groß, mit einem Gesicht, das vom Leben gezeichnet ist – von der Sonne, vom Wind und von harter Arbeit. Der Typ Mann, den man sich mit Bauhelm und Werkzeugkasten sofort vorstellen kann, und zweifellos liegt man damit auch gar nicht so falsch. Thill vermutet, er gehört zu den vielen Portugiesen, die in den 60ern nach Luxemburg gekommen sind, um hier Geld zu verdienen und der Familie ein gutes Leben zu ermöglichen. Ein unermüdliches Arbeitsethos, das sie bis heute zu geschätzten Mitgliedern der Gesellschaft macht. Genauso wie die portugiesischen Frauen, die keine Mühen scheuen und oft als Haushaltshilfen oder Reinigungskräfte arbeiten. Frau da Silva gehört dazu, wie Thill schnell erfährt, kurz nachdem er auf einem Polstersessel mit ausladender Sitzfläche Platz genommen hat – den sie ihm selbstverständlich überaus zuvorkommend angeboten hat, nicht ohne vorher jedes Kissen darauf akkurat zurechtzurücken.

»Möchten Sie einen Kaffee?«, fragt Frau da Silva, während sie mit routinierter Präzision die pastellfarbene Tischdecke glättet, die mit feinen Stickereien und einer Häkelborte verziert ist.

»Nein, danke«, antwortet Thill, weil er der Frau, die immerhin erst vor knapp zwei Wochen ihren Sohn verloren hat, keine Umstände machen will. Obwohl er fast den Eindruck hat, sie würde sich ganz gerne in die Küche verziehen. Er unterdrückt ein Seufzen. Egal, wie oft er schon schlechte Nachrichten überbringen und anschließende Befragungen durchführen musste - daran gewöhnen wird er sich nie. Und er wird sich immer unwohl dabei fühlen. In diesem Moment betritt ein junger Mann das Wohnzimmer, das überquillt von Fotos, Porzellanfigürchen und allerlei anderem Krimskrams. Er bleibt abrupt stehen, als er den Uniformierten im Sessel bemerkt, und will sich schon wieder zurückziehen.

»Gehören Sie zur Familie?«, fragt Thill.

»Ja«, lautet die Antwort, die eigentlich eher wie eine Frage klingt, die er an sich selbst richtet und so viel bedeuten könnte wie: *Soll ich vielleicht besser jetzt abhauen?*

»Bleiben Sie ruhig hier«, sagt Thill mit einem auffordernden Nicken.

»Wollen Sie vielleicht einen Tee?«, fragt die Mutter nun. Thill hat den Eindruck, dass sie wirklich das Bedürfnis hat, ihn zu bewirten. Wenn sie sich dann wohler fühlt, denkt er und sagt: »Dann doch bitte lieber einen Kaffee.«

Mit einem dankbaren Lächeln macht sich die gastfreundliche Hausherrin auf den Weg.

Der Smalltalk, der folgt, nachdem sie mit Kaffee und Gebäck zurückgekommen ist und alle Platz genommen haben, ist so verlegen und holprig, dass Thill nicht lange mit seiner Befragung wartet.

DONNERSTAG
10. APRIL 2025

Joana

Ich bin nun schon vier Tage vor Ort und habe mein tägliches Ritual bis ins Detail verinnerlicht (morgens um 10:30 Uhr das Spätaufsteher-Frühstück aufsuchen, mittags das Essen ausfallen lassen, dafür nachmittags am Pool Eis essen oder bei den Snacks oder diversen Früchten zugreifen, die neben der Poolbar in einer Kühltheke lagern, und abends um 19:00 Uhr zum Dinner erscheinen.

Die Zeit vergeht wie im Flug. Schade. Doch wenigstens bin ich mit meinem Song ein gutes Stück weitergekommen. Er ist fast fertig. Seufzend rutsche ich vom Hotelbett, ziehe Sportklamotten an und mache mich auf den Weg ins clubeigene Fitnesscenter. Neben der geistigen Arbeit soll die körperliche nicht zu kurz kommen, denn wie heißt es so schön: Von nichts kommt nichts.

Muskulöse Arme, durchtrainierte Beine, breite, vom Schweiß glänzende Schultern - und unter dem Muskelshirt garantiert ein Waschbrettbauch! So etwas zu bewundern war definitiv nicht der Grund meiner Reise, also konzentriere ich mich wieder auf mein Laufband und meinen eigenen Schweiß - und auf meine Atmung, die mittlerweile nur noch aus einem heiseren Hecheln besteht. Zeit, das Programm zu beenden, den Schweiß abzuwischen und die salzigen Lippen zu befeuchten. Trotz wackeliger Knie bemühe ich mich, elegant vom Laufband zu steigen - was mir in etwa mit der Grazie einer übergewichtigen Giraffe auf Eiern gelingt. Hoffentlich hat der Fitnessgott das nicht gesehen. Er positioniert sich gerade auf einer Hantelbank. Seine hart arbeitende Brust- und Armmuskulatur zu bewundern hat wirklich was! Und während ich das so denke, bewegen sich meine Beine wie ferngesteuert zur Latzugmaschine, deren Standort eine direkte und ungehinderte Sicht auf Mister Perfectbody bietet. Ich ziehe und hebe, bis mein Gesicht in den Spiegelelementen an der Wand gegenüber eine schmerzverzerrte Grimasse zeigt. Schnell ein Lächeln aufsetzen - nur für den Fall, dass *er* rüberblickt. Aber nein! Er beachtet mich genauso wenig, wie den Bildschirm mit den Musikvideos, die er vermutlich genauso wenig hört, wie mein freundliches »Bye«, als ich den Fitnessraum verlasse. Er hat Stöpsel in den Ohren und trainiert zum Rhythmus seiner eigenen Musik.

Heute Abend soll das Dinner besonders üppig ausfallen, hat man mir gesagt: Gala-Abend. Tatsächlich wurde mir nicht zu viel versprochen: Der Anblick des Büffets lässt den Gaumen lachen und erklärt, wo das Wort »Augenschmaus« herkommt. Die Speisen, kunstvoll auf Spiegel- und Glaspyramiden arrangiert, übersteigen mein kulinarisches Repertoire. Allein die Vielfalt an Tapas, Suppen, Salaten, Fleisch- und

Fischgerichten, Desserts und Kuchen zu beschreiben, würde ein Taschenbuch füllen. Doch während ich über diese Köstlichkeiten staune, schweift mein Blick immer wieder ab. Einige braungebrannte Perfectbodys unter den Gästen, aber nicht derjenige, nach dem ich heimlich Ausschau halte. Schade. Vielleicht ist es besser so, denke ich, dann kann ich in Ruhe über mein Leben und die Songs nachdenken, die ich schreibe – und hoffen, damit irgendwann einen Hit zu landen, der mir ein Einkommen beschert, mit dem ich mir für den Rest meiner Tage auf diesem Planeten ein schönes Leben machen kann und nicht darüber nachdenken muss, womit ich morgen meine Brötchen verdiene. Ich denke da an Songs wie *Every Breath you Take* von Sting, der unzählige Male gecovert wurde, *I Will Always Love You* von Dolly Parton, den Whitney Houston zu einem Klassiker gemacht hat, *In the Summertime* von Raymond Dorset, der durch Mungo Jerry bekannt wurde, *White Christmas* von Irving Berlin, dem der unvergessliche Bing Crosby seinen Stempel aufgedrückt hat, *Unchained Melody* von Alex North und Hy Zaret ...

›Träume weiter‹, flüstert die innere Stimme, die genau weiß, wie unmöglich es ist, einen solchen Treffer zu landen.

»Is hier noch frei?«, reißt mich ein vertrauter Akzent aus den Gedanken.

»Ja, isses«, antworte ich und schaue mir den Typ mit dem Harry-Potter-Gesicht genauer an. (Harry Potter nach zirka zwanzig Jahren Alkohol- und Zigarettenmissbrauch und ein paar Kilo mehr auf der Waage wohlgemerkt.)

»Mirko«, stellt er sich vor.

»Joana«, entgegne ich ebenso knapp. Eine leichte Fahne von Apero-am-Pool umweht meine Nase.

»Wo kommste her?«, lautet seine nächste Frage.

»Aus Luxemburg.«

»Näh, echt? Dau bass e Lëtzebuerger Schang?«, bemüht er sich in einem trierisch-luxemburgischen Kauderwelsch und klopft sich lachend auf die Schenkel. »Dat is ja ein Ding. Eich sinn aus Trier«, erklärt er, als wenn ich es nicht geahnt hätte.

»Magst du Flieten?«, fragt er, nachdem er es sich neben mir bequem gemacht, die weiße Stoffserviette routiniert am Hemdkragen befestigt und über der Brust ausgebreitet hat, und deutet auf seinen mit frittierten Hähnchenflügeln beladenen Teller.

»Nein, danke.«

»Dann eben nicht«, sagt er, bedient sich selbst und redet mit halbvollem Mund weiter: »Biste schon lange hier?«

»Seit Sonntag, und du?«

»Seit Montag. Du bist mir bis jetzt noch gar nicht aufgefallen.«

Was auch nicht weiter tragisch ist. Denn erstens bist du zu jung, zweitens, siehst du für meinen Geschmack für deine schätzungsweise 38 Jahre zu verlebt aus und drittens ... egal, jedenfalls bist du nicht mein Typ.

Weil er aber im Grunde ein witziger Typ und bestimmt kein schlechter Kerl ist, lasse ich mich bereitwillig von ihm volllabern, während er sich Nachschläge von Kroketten, Pommes und einem Wiener Schnitzel holt. Als schließlich zum krönenden Abschluss auf meinem Teller eine und auf seinem Teller zwei Scheiben der angekündigten Eisbombe liegen, erfahre ich, dass er den Urlaub gebucht hat, »um Hühner abzuschleppen«, wie er es ausdrückt. Nachdem wir die Zahlen unserer Geburtsjahre und die einhellige Meinung ausgetauscht haben, ich sei zu alt für ihn, was aber kein Grund sei, sich nicht gemeinsam die Musical-Show anzusehen, machen wir uns nach dem Essen auf den Weg ins clubeigene Theater.

Und da sehe ich ihn wieder »Mr. Perfektbody«. In voller Pracht. In einem strahlend türkisenen Outfit. Auf der BÜHNE! Er spielt die Rolle eines Vaters im Musical ABBA! Ich kann mich gar nicht sattsehen. Wie konnte er mir all die Tage vorher entgehen? Wo arbeitet er eigentlich? Die Animateure sind ja nicht nur bei den Shows aktiv, sondern auch tagsüber irgendwo im Einsatz.

Die Aufführung endet mit einem spektakulären Bühnenfeuerwerk und dem Einsatz mehrerer Nebelmaschinen. Danach ist Mirko sofort Feuer und Flamme für die Disco - dort warten angeblich seine »Hühnchen«. Ich lehne dankend ab. Nach dem üppigen Mahl möchte ich mir erst einmal die Beine vertreten.

Am Strand weht mir jedoch eine überraschend kühle Brise entgegen. Wahrscheinlich kommt sie mir kälter vor, als sie tatsächlich ist, denn meine sommerlich gelbe Viskosebluse über der schwarzen Schlaghose fühlt sich nach der Wärme im Theater leicht feucht an und kühlt auf der Haut. Entweder hole ich mir etwas Wärmeres zum Überziehen oder ... Nun ja, es gibt auch noch andere Möglichkeiten, Speck wegzutrainieren.

Heute Abend steht in der Disco das Thema »80er Jahre Tanzmusik« im Mittelpunkt - das verrät eine Programmtafel am Eingang der Disco, oder, wie man heute sagt »des Clubs«. Für meinen Geschmack die perfekte Gelegenheit, die unzähligen Kalorien loszuwerden, die ich heute zu mir genommen habe. Beim Eintreten schlägt mir der süßliche Duft einer parfümierten Raumlüftung entgegen - und *Dancing Queen!* Wie passend. Vielleicht will der DJ damit das Theaterprogramm abrunden, denke ich, als mich auf der Tanzfläche jemand von der Seite ziemlich grob anrempelt. Gerade als ich mich umdrehen und beschweren will, legt sich eine Hand auf meine Schulter und Augen wie zwei Sterne funkeln mich an, was mir auf der Stelle die Sprache verschlägt. »Sorry«, murmelt Mr. Perfectbody mit einem zerknirschten Lachen. »Tut mir leid! War keine Absicht! Bin wohl ge-stol-pert.« Er zieht das Wort in die Länge, während sein Blick Richtung Boden wandert. Dann bückt er sich und hebt kopfschüttelnd eine weiße Riemchensandale mit Stilettoabsatz auf. »Da haben wir ihn, den Übeltäter«, lacht er kurz, bevor er besorgt fragt: »Alles okay?«

Zu überrascht und völlig entzückt von dem Zusammenstoß, bemerke ich erst gar nicht, dass ich vermutlich wie ein totaler Tollpatsch dastehe und unbewusst meinen Arm reibe, während ich ihn anstarre. »Ähm ... ja, alles okay. Ich bin nur ein bisschen ... ähm ...«, verwirrt, will ich sagen, denn genau das bin ich. Aber mal ehrlich, dieser Mann ist es bestimmt gewohnt, Frauen aus der Fassung zu bringen. Wahrscheinlich steht das sogar in seiner Jobbeschreibung.

Er scheint meine Verwirrung zu ahnen, lächelt warm und fragt: »Darf ich das wieder gutmachen - zum Beispiel mit einem Drink?« Er deutet zur Bar. Gleichzeitig streckt er mir die Hand entgegen. »Übrigens, ich heiße Filipe.«

»Gerne«, antworte ich schnell, seine Hand ergreifend, während sich eine Ahnung anschleicht, dass dies der Auftakt eines wundervollen Abends sein könnte.

Das Lied vorm Tod

FREITAG
11. APRIL 2025

Kriminalkommissar Thill

Thill sitzt nach einer arbeitsreichen Woche mit seiner Frau auf der Couch, doch seine Gedanken wandern. Auf dem riesigen Flatscreen flimmert *De Journal* bei RTL - das gewohnte Bild nach dem Abendessen. Seine Frau ist vertieft in den Bericht über die Verkehrsunfälle des Tages, doch für ihn sind die Nachrichten heute nur Hintergrundrauschen. Die Gedanken an seine Arbeit lassen ihn nicht los. Er lehnt sich zurück, legt die Füße hoch, verschränkt die Arme hinter dem Kopf und lässt die Woche Revue passieren. Der Nachmittag bei der Familie des Opfers war alles andere als aufschlussreich gewesen. Einfach frustrierend. Freundlich waren sie zwar gewesen - höflich bis zur Perfektion. Sie haben ihm Kaffee und diese frittierten Süßigkeiten angeboten, die wie kleine goldbraune Kissen aussehen. »Bolas de Berlim«, haben sie gesagt, »selbstgemacht!« Natürlich hat er genickt und sich bedankt. Aber trotz des gastfreundlichen Empfangs und gezielter Fragen war es ihm nicht gelungen, brauchbare Informationen zu bekommen.

»Wir hatten in den letzten Jahren kaum Kontakt zu Rodrigo«, hatten sie gesagt. Die Worte klangen nicht wie eine Ausrede, sondern wie die bittere Wahrheit, und Thill war sich sicher, dass es wehtat, das zuzugeben. Doch dieser Mangel an Informationen brachte ihn keinen Schritt weiter. Seufzend hatte er sich nach dem Besuch auf den Weg ins Fitnessstudio gemacht, wo Rodrigo da Silva gearbeitet hatte. Vielleicht, so hatte er gedacht, vielleicht gab es dort jemanden, der mehr wusste. Doch auch dort - gähnende Leere, was nützliche Hinweise betraf. Der Chef hatte lediglich die Schultern gezuckt, und die meisten Kollegen erinnerten sich kaum an Gespräche, die über die üblichen Themen hinausgingen - Gerätewartung, Trainingspläne, Ernährungstipps oder Ähnliches. Was private Details betraf, war nur wenig über Da Silva bekannt: Er interessierte sich offenbar für Autos und Motorräder, verfolgte mit Leidenschaft jede erdenkliche Sportart im Fernsehen und sprach gerne über Gesundheit, Reisen und andere Länder. Lediglich ein Kollege konnte etwas mehr berichten und ließ dabei den Satz fallen: »Er hat manchmal den Namen Natalja erwähnt.« Thill hatte aufgehorcht. Eine Freundin? Eine Bekannte? Der Kollege war sich nicht sicher, vermutete aber, es sei Da Silvas Freundin gewesen. Mehr wusste er allerdings nicht. Kein Nachname, keine Adresse.

Thill starrt auf den Bildschirm, auf dem gerade ein Interview mit einem Politiker läuft, doch die Worte rauschen an ihm vorbei. Irgendwie muss er herausfinden, was es mit dieser Natalja auf sich hat. Die Sache schien eigentlich ganz einfach: Die Kollegen von der Spurensicherung hatten Rodrigos Handy gefunden und sichergestellt. Auch die IT-Abteilung hatte ihre Arbeit erledigt und ihm die Auswertungen geschickt - wenn auch lediglich mit den Worten »Nichts Auffälliges«. Da Thill nach seinen Befragungen im Fitnessstudio zu einem Wohnungsbrand in die Rue de Trévires gerufen worden war, bei dem Brandstiftung vermutet wurde, hatte er noch keine Gelegenheit gehabt, die Auswertungen genauer zu prüfen. Er hatte lediglich einen flüchtigen Blick darauf geworfen und sie dann an einen Kollegen weitergeleitet. Er nimmt sich vor, die Auswertungen selbst nochmal zu kontrollieren. Es kann ja wohl nicht so schwer sein, herauszufinden, ob diese Natalja tatsächlich Da Silvas Freundin war. Und ihre Spur zu verfolgen, sollte auch möglich sein. In diesem Moment fällt ihm ein, dass sein Notizblock noch im Auto liegt. Kurz überlegt er, ihn zu holen, aber die Bequemlichkeit siegt. »Am Montag gleich nachforschen«, murmelt er leise vor sich hin. Seine Frau sieht ihn an. »Hast du was gesagt?«

»Hm? Nein, nichts«, murmelt er und blickt auf den Bildschirm. Doch innerlich ist er immer noch im Modus - die Puzzleteile sortierend, den nächsten Schritt planend. Erst als seine Frau einen Spielfilm auf Netflix einschaltet, bemüht er sich, seine Aufmerksamkeit darauf zu lenken.

Joana

Filipe ist Segellehrer. Das hat er mir gestern bei einem Mojito erzählt. Beim zweiten Glas habe ich zugegeben, dass mich segeln eigentlich gar nicht interessiert. Beim dritten hat er mich davon überzeugt, dass dem sicherlich nicht so sei, und heute Nachmittag haben wir uns am Strand zu einer Probestunde getroffen. Am Ende derselben waren wir uns darüber einig, dass ich für diesen Sport absolut untalentiert und dass ein Candlelight-Dinner doch viel mehr Sinn machen würde und zudem gemütlicher sei.

Das war es in der Tat. Der perfekte Abend, der perfekte Mann, der perfekte Casanova. Ganz ehrlich, der Mann ist einfach zu schön, um wahr zu sein. Und natürlich hat er nach dem Dinner eine Strandwanderung vorgeschlagen. Die typische Masche. Aber egal. Immerhin bin ich im Urlaub und es sei mir doch bitte vergönnt, die letzten Stunden desselben in vollen Zügen zu genießen.

»Eine herrlich sternenklare Nacht«, schwärmt er. Natürlich darf dieser Satz im Repertoire eines Casanovas nicht fehlen.

Bloß nicht den Kopf verlieren. Zügig weitergehen. Ich bin zwar im Urlaub, aber mein Herz will ich bitteschön wieder mit nach Hause nehmen.

Als wir an der Holztreppe ankommen, die zu unserem Club führt, fragt er: »Ich weiß nicht, wie es dir geht, aber ich bin noch nicht müde.«

Die Musik aus einem benachbarten Hotel, die man zu Beginn unserer Strandwanderung gehört hat, ist verklungen. Im Club herrscht Totenstille. Die einzige Geräuschkulisse, neben dem Rauschen, Plätschern und Gurgeln der ankommenden und zurückziehenden Wellen, besteht aus dem Gezirpe der Grillen, die sich in Büschen und Gräsern der felsigen Küste versteckt halten. Zuhause schafft man sich Bewegungsmelder mit Meeresrauschen an, besucht Musikplattformen oder abonniert Kanäle im Internet, die einen mit beruhigenden Klängen berieseln. Hier gibt es alles gratis und ohne jegliches Zutun. Dennoch befehle ich mir, die Klappe zu halten und mich nicht von romantischer Beschallung beeinflussen und von betörenden Worten einwickeln zu lassen, von denen bestimmt schon derart viele über Filipes Animateurlippen geflossen sind, wie Karosserien über ein Fließband im Opel-Werk. »Ich habe einen ganz tollen spanischen Rotwein im Animationsbüro deponiert. Hast du Lust, den zu killen?«

Wenn du »nein« sagst, flüstert mein hin- und hergerissenes Ich, dann ist alles vorbei, und eigentlich ist es gerade zu schön, um es im Sand verlaufen zu lassen ...

Anderthalb Stunden später.

Der Blitz hat eingeschlagen. Mir wird schwindelig. Ganz nach Belinda Carlisles Motto *»I get weak«* bestehen meine Knie nur noch aus Wackelpudding. Wenn ich nicht in Filipes Armen liegen würde, würde ich umkippen.

Wir stehen vor der Tür des Animationsbüros, im flackernden Licht des Bildschirmschoners - ja, ich weiß, es gibt romantischere Orte. Und das, was gerade passiert, war ja auch nicht geplant. Aber als ich mich verabschieden wollte, hat er einfach meine Haare am Hinterkopf gepackt und seine Lippen auf meine gepresst. Direkt. Ohne Umschweife. Ohne Vorwarnung. Ich bin völlig macht- und willenlos. Will mich losreißen, doch meine innere Abwehr hat nicht den Hauch einer Chance gegen sein offensives Spiel. Seine Zunge drängt vor, umkreist meine, zieht sich zurück, nur um erneut vorzustoßen - mal sanft, mal verspielt, dann wieder fordernd und erkundend. Ein Gefühlsstrudel - ein ganzer Tsunami - reißt mich mit. Ich kann nichts tun. Nur geschehen lassen. Die Welt steht still. Ich weiß nicht, wie lange. Ich weiß nur, dass Filipe genauso unvermittelt von mir ablässt, wie er mich gepackt hat. Völlig überwältigt und wie von einer Tarantel gestochen reiße ich die Tür auf und höre mich selbst sagen: »Ich muss gehen.«

»Wieso?«, fragt er überrascht. Seine gebogenen schwarzen Brauen ziehen sich zusammen.

»Weil ...?«

Keine Ahnung. Weil es mir zu heftig war, zu schnell ging und überhaupt. Das unbeschreibliche Gefühl, das mir für einen Moment die Sinne geraubt und meine Welt vollkommen aus den Angeln gehoben hat, war einfach zu viel des Guten. So etwas habe ich noch nie erlebt. Jedenfalls nicht so plötzlich und nicht von einem einzigen Kuss. Das kann doch nicht die Wirkung von dem bisschen Alkohol sein? Ich habe das zweite Glas nicht einmal leer getrunken.

»Es besser so ist«, beende ich den Satz.

Er sieht mich an, als hätte ich ihm eine Ohrfeige verpasst.

»Danke für den Wein, war wirklich exzellent«, plappert mein Mund unaufhaltsam weiter. »Ist es ein spanischer?« Als ob mich das im Moment interessieren würde. Was bin ich bloß für ein dummes Schaf!

»Ja, er kommt aus dem Nordwesten Spaniens«, antwortet er trocken.

»Echt toll. Das muss ich mir unbedingt merken«, blökt das dumme Schaf.

»Wenn du nicht bleiben willst?« Sein ungläubiger Blick unterstreicht die Frage, was ich mit meinem Verhalten bezwecken will, das ich, ehrlich gesagt, selbst nicht erklären kann.

»Ich weiß nicht ... Ich glaube, es ist besser, ich gehe jetzt«, sage ich und bete gleichzeitig, dass er mich daran hindert.

Tut er aber nicht.

»Nochmal danke für den Wein.« Blök, blök.

»Keine Ursache.«

»Gute Nacht, dann.« Oh Mann. Ich benötige dringend frische Luft.

Das Lied vorm Tod

SAMSTAG
12. APRIL 2025

Kriminalkommissar Thill

Die Sache mit dieser Natalja geht Thill nicht aus dem Kopf. Wenn sie Da Silvas Freundin ist, und wenn irgendjemand in der Lage ist, ihn auf eine heiße Spur zu bringen, dann wohl sie. Und genau das lässt ihm jetzt keine Ruhe. Obwohl Samstag ist und der Nachmittag für gewöhnlich seiner Familie gehört, beschließt er, noch einmal ins Büro zu fahren. Seine Frau hebt überrascht eine Augenbraue, als er nach dem Mittagessen nicht wie gewohnt zum Digestif greift, sondern stattdessen aufsteht und sich seinen Mantel überzieht. »Was hast du vor?«, fragt sie, obwohl sie die Antwort eigentlich schon ahnt.

»Ich muss noch mal ins Büro. Es gibt etwas Dringendes zu klären«, erklärt er knapp, während er nach seinen Autoschlüsseln greift. Sein Tonfall ist sachlich, aber nicht unfreundlich. Er weiß, dass sie Verständnis hat - auch wenn sie es vielleicht nicht immer zeigt. Sie beobachtet ihn einen Moment und nimmt seinen leicht gehetzten Blick wahr. Es ist ein Blick, den sie schon oft gesehen hat, immer dann, wenn ein Fall ihn nicht loslässt. »Ist es die Sache mit den Morden?«, fragt sie zögernd, auch wenn sie weiß, dass er darüber nichts sagen wird. Dienstgeheimnis, wie immer.

»So in der Art«, murmelt er und weicht ihrem Blick aus. Er nimmt seine Jacke von der Stuhllehne und zieht sie über. »Es dauert nicht lange.«

»Wann kommst du zurück?«, fragt sie leise, ohne Vorwurf, nur mit einem Anflug von Sorge.

»Schwer zu sagen. Vielleicht in ein oder zwei Stunden. Spätestens zum Abendessen bin ich da«, antwortet er und wirft ihr ein schwaches Lächeln zu. Es ist das Lächeln eines Mannes, der dankbar ist, dass sie nicht weiter nachhakt, auch wenn er weiß, dass sie sich ihren Teil denkt.

Er öffnet die Haustür, wirft einen kurzen Blick zurück und sagt: »Sollte ich es nicht bis zum Abendessen schaffen, dann ruf ich an.« Dann zieht er die Tür hinter sich ins Schloss.

Seine Frau bleibt einen Moment am Tisch sitzen, den leeren Digestif-Gläsern gegenüber. Sie seufzt leise. Sie kennt dieses Muster - und sie weiß, dass er nicht zurückkommt, bevor er nicht das Gefühl hat, ein kleines Stück weitergekommen zu sein.

Als er das Büro betritt, ist sein Schreibtisch tipptopp aufgeräumt - so wie immer am Wochenende. Doch nach nicht einmal zehn Minuten hat sich der Anblick verändert: lose Blätter und gelbe Notizzettel auf der gesamten Tischoberfläche. Die meisten davon aus der IT-Abteilung. Ihm fällt nichts Verdächtiges auf. Aber immerhin findet er den Namen Natalja. Sofort greift er nach seinem Handy, fährt gleichzeitig den Computer hoch und setzt Himmel und Hölle in

Bewegung. Vier Stunden später hat er nicht nur den Wohnsitz dieser Natalja herausgefunden, sondern auch, dass sie im horizontalen Gewerbe tätig ist. Dass sie im Bahnhofsviertel wohnt, wundert ihn nicht. Wundern tut ihn jedoch, dass sie bei der Nachbarschaftsbefragung nicht anwesend war. Jedenfalls kann er sich nicht erinnern, sie unter der angegebenen Adresse getroffen zu haben. Was wohl auch daran liegt, dass die Adresse auf eine Bar verweist. Seltsam. Doch möglicherweise gibt es in den oberen Stockwerken Wohnungen oder Studios. Er ärgert sich, dass er nicht nachgefragt hat. Aber verdammt noch mal! Er kann ja nicht jeden Winkel in jedem Haus durchsuchen. Was er jedoch tun kann: Nochmal dort vorbeischauen. Er ruft seine Frau an: »Es wird wohl doch etwas später. Ich melde mich, wenn ich weiß, wann.«

Joana

Eine unbekannte Nummer hat gestern angerufen, stelle ich auf dem Weg zum Frühstück fest. Nach dem, was gestern passiert ist, war ich wohl ein wenig durch den Wind, weshalb mir der verpasste Sprachanruf nicht aufgefallen ist. Genauso wenig wie die SMS von der gleichen Nummer, die um einen dringenden Rückruf bittet, unterschrieben von der Kriminalpolizei Luxemburg. Da will mir wohl wieder jemand ein strafrechtliches Verfahren an den Hals dichten, wenn ich nicht auf den beigefügten Link klicke; oder jemand will mir weismachen, dass ich 10.000.000 US-Dollar von einem entfernten Verwandten in Südafrika geerbt habe ... blablabla. Bis jetzt haben sich diese verfluchten Spammer und Hacker nur auf E-Mails beschränkt. Dass sie mich jetzt auch übers Handy verfolgen, finde ich kriminell. Vielleicht sollte ich tatsächlich die Polizei kontaktieren. Und zwar die richtige. Aber nicht jetzt. Im Urlaub. Und überhaupt sollte ich mich nicht über sowas aufregen, weil ich nämlich nichts daran ändern kann. Und sich über etwas aufzuregen, was sich nicht ändern lässt, ist ungesund. Vor *allem* im Urlaub. Ich rege mich aber trotzdem auf. Der Ärger verfliegt jedoch schlagartig, als ich Filipe am Frühstücksbüffet entdecke. »Guten Morgen«, grüßt er. »Na, gut geschlafen?«

»Ja«, lüge ich (*ich habe wegen der Gedanken an den Kuss kein Auge zugetan*) und ärgere mich, weil ich wie ein verliebter Teenager klinge. Nach einem Räuspern frage ich: »Und du?«

»Wie ein Murmeltier.« Er schaut mich prüfend an und fügt bedeutsam hinzu: »Ein etwas verwirrtes Murmeltier.«

Oh oh! War es eine Frage oder will er flirten? Und was genau meint er damit? Hat meine Person ihn verwirrt - so wie seine Person mich verwirrt hat? Oder war es mein Verhalten, das ich selbst nicht so richtig verstanden habe? Die ganze Nacht habe ich mir den Kopf darüber zerbrochen, ob ich Komplexe habe, seinem *perfect body* nicht gerecht zu werden. Oder Angst, mich in einen Animateur zu verlieben, dessen Arbeitsbeschreibung das Flirten mit Urlaubsgästen beinhaltet. Angst, am Ende wie eine heiße Kartoffel auf dem Boden zu landen.

Ich spüre, wie er mich beobachtet und auf eine Reaktion wartet, aber in meinem Kopf herrscht gähnende Leere, egal, wie krampfhaft ich versuche, mir etwas Plausibles einfallen zu lassen.

»Ich glaube, du denkst zu viel nach«, analysiert er.

Ertappt!

Und wahrscheinlich hat er sogar recht. Ich sollte einfach den Urlaub und den Moment genießen sowie die Tatsache, dass ein verdammt attraktiver Zeitgenosse Interesse an mir zeigt - in welcher Form auch immer. Und weil wir uns völlig selbstverständlich gemeinsam an einen Tisch setzen und uns beim Frühstück noch genauso gut verstehen, wie am Abend zuvor, und weil ich mich nicht mehr daran erinnere, zuletzt eine Verabredung gehabt zu haben, die mir Schmetterlinge in den Bauch gezaubert hat, nehme ich seine Einladung zum Abendessen in einem lokalen Restaurant außerhalb des Clubs an. Auch auf die Gefahr hin, dass danach etwas passiert, was nicht auf dem Plan steht, und ich - ganz nach dem Motto das Elvis in einem seiner größten Hits schon 1961 in dem Film *Blue Hawaii* besungen hat - etwas Dummes tun werde, so wie es im Song anhand eines Beispiels mit weisen Männern beschrieben wird, die behaupten, dass nur ein Depp zu schnell in eine Beziehung springt. Und trotzdem, ich kann mir nicht helfen ... *Can´t Help Falling in Love* geht mir den ganzen Tag nicht aus dem Kopf.

Kriminalkommissar Thill

W er ist da?«, fragt eine verhaltene Stimme hinter der Tür der Dachwohnung, zu der ihn der Mann hinter der Bar im Erdgeschoss geschickt hat. »Kriminalkommissar Thill«, bellt er.

Sie öffnet zögerlich, bittet ihn aber sofort einzutreten, was Thill verwundert. Nicht selten lassen sich Frauen aus diesem Milieu verleugnen, vor allem, da Prostitution im Land offiziell nicht legal ist. Er vermutet, sie hat entweder damit gerechnet, dass es früher oder später zu diesem Besuch kommt und ihren Text, den sie ihm auftischen wird, mehr oder weniger auswendig gelernt, oder sie hat tatsächlich nichts zu verbergen.

Die Suite, als welche der Bartender im Erdgeschoss das Zimmer im Obergeschoss des Hauses in der Rue du Fort Neipperg bezeichnet hat, entpuppt sich als Studio von höchstens 25 Quadratmetern, dessen Mittelpunkt ein mit rotem Plüsch umfasstes Bett darstellt - sieht fast aus wie ein inoffizieller Arbeitsplatz. Sie führt ihn zu einem schwarzen Samtvorhang, der das Schlafgemach vom restlichen Raum trennt. Dahinter befinden sich eine Miniküchenzeile und ein kleiner runder Tisch, an dem sie ihn bittet, auf einem der Kunststoffstühlen mit Metallbeinen Platz zu nehmen, die den stapelbaren Gartenstühlen nicht unähnlich sehen, die seine Frau im Garten aufstellte, wenn im Sommer Besuch zum Grillen kommt.

Sie erzählt alles. Von dem Schuss, dem Schreck, der Reaktion ihres Freundes, sogar von seinen Albträumen - nur von der ›kleinen Schwäche‹ erzählt sie nichts. Dazwischen Schluchzen, Tränen, Tempotaschentücher und Verzweiflung. Verzweiflung über etwas, worauf sie sich keinen Reim machen kann.

»Wieso haben Sie sich nicht als Zeugin gemeldet?«

Sie schaut ihn perplex an und zuckt mit den Schultern. »Was hätte das gebracht? Rodrigo hat mich sofort gepackt und in Sicherheit gebracht. Ich hatte nicht einmal Zeit, mich umzudrehen, um zu sehen, was passiert war. Ich fand das sehr fürsorglich ...«

Und wieder ein Schluchzen und Schniefen. Sie putzt sich die Nase. »Er hätte alles gegeben, um mich zu beschützen.«

»Und Sie wissen wirklich gar nichts über das, was geschah oder darüber, wer das Opfer war?«, fragt er, als sie sich wieder einigermaßen im Griff hat.

»Doch, natürlich schon. Es wurde ja tagelang hier in der Straße darüber geredet. Jamal Haddad hieß der Ermordete. Er kam manchmal in die Bar, aber immer nur kurz. Hielt sich nie lange auf.«

Die Information war nicht neu. Das hatte der Bartender Thill bereits bei der ersten Befragung mitgeteilt. »Kannte Ihr Freund diesen Jamal?«

»Kennen? Nun, das wäre zu viel gesagt. Aber klar, Rodrigo ist ihm das ein oder andere Mal begegnet, wenn er mich abgeholt hat. Und dann sind die beiden auch mal ins Gespräch gekommen. Aber wie gesagt, immer nur kurz. Rodrigo hat ihn bei unseren Unterhaltungen nie erwähnt. Ich glaube, er mochte ihn auch nicht wirklich. Der Typ war ihm suspekt.«

»Wissen Sie warum?«

»Wer ist hier in diesem Viertel nicht suspekt?« Ihre Lippen zucken ironisch.

»Drogen?«

»Ich versuche, mich da rauszuhalten, deswegen spreche ich nicht gerne darüber.«

»Keine Angst, ich bin nicht hier, um einen Drogendeal aufzuklären. Also?«

Sie lächelt andeutungsweise. »Ja, ich denke schon, dass er Sachen verkauft hat. Möglicherweise auch unten in der Bar.«

»Möglich oder sicher?«

»Direkt gesehen habe ich nichts. Auch nicht, wenn ich an der Bar hinter der Theke ausgeholfen habe, wo Jamal meistens gesessen hat. Aber so etwas wird wohl eher selten in aller Öffentlichkeit über den Tresen geschoben.«

»Haben Sie oder Ihr Freund schon mal Drogen genommen?«, fragt Thill nun ziemlich direkt.

Sie weicht seinem Blick aus, gibt aber dann zu: »Nun, also, probiert habe ich schon mal, wenn eine Tüte herumging. Rodrigo hat sich auch schon mal was aufschwatzen lassen, und dann haben wir es zuhause ausprobiert ... aber nur zwei, drei Mal. Und das ist ja auch gar nicht mehr verboten hier im Land, oder?«

Thill wackelt schwach mit dem Kopf, ohne auf die Frage einzugehen.

»Rodrigo hat sehr viel Wert auf seinen Körper gelegt. Er versuchte immer, sich möglichst gesund zu ernähren. Viel Eiweiß, Vitamine und so. Natürlich auch mal Pizza und sowas zwischendurch. Aber

Rauchen und Trinken und solche Sachen kamen für ihn nicht in Frage.«, fügt sie hinzu.

»Was wissen Sie über seine Familie?«, wechselt er das Thema.

»Nicht viel«, antwortet sie wahrheitsgemäß mit gesenktem Kopf. »Sie ist sehr konservativ, weswegen er sich auch von ihnen distanziert hat. Er war wohl in seiner Jugend ein ziemlich bunter Hund, hat oft über die Stränge geschlagen und sich schließlich so schlimm mit den Eltern verkracht, dass er sie nicht mehr sehen wollte - oder umgekehrt. Genaues weiß ich nicht.«

»Hatten Sie und er auch öfter Krach?«

»Nein«, behauptet sie. »Abgesehen von gelegentlichen Streitereien wegen leerer Pizzakartons, schmutzigem Besteck und Essensresten, die regelmäßig auf dem Wohnzimmertisch lagen, wenn ich nach Hause kam und, na ja, solchen Sachen halt. Haushalt war für ihn ein rotes Tuch.«

»Haben Sie mit ihm über Ihre Arbeit gesprochen? Ihre Kunden? Kennt er sie?«, versucht er ihr genauer auf den Zahn zu fühlen.

Sie schaut ihn skeptisch an. »Glauben Sie, dass ein Freier dahinterstecken könnte?«

»Ich will nichts ausschließen«, sagt er. »Erzählen Sie mir etwas über sich, über ihre Kontakte.«

Leider liefert sie keine Informationen, die Thill in irgendeiner Weise weiterhelfen. Also versucht er es anders: »Wie sieht es mit Bekannten aus? Hatten sie gemeinsame Freunde?«

»Nein, eigentlich nicht.«

»Und er? Ging er schon mal ohne Sie aus?«

»Nein. Jedenfalls nicht, dass ich wüsste. Ich war aber auch abends meistens weg, wenn er von der Arbeit zurückkam, Sie wissen schon ... Ich nehme mir nur sonntags frei. Und auch nur wegen ihm. Sonst würden wir uns ...«, sie schluckt und korrigiert sich, »sonst hätten wir uns ja nie gesehen.«

»Hatten Sie den Eindruck, dass er sich wegen Ihnen geschämt hat, beziehungsweise dafür, wie Sie ihr Geld verdienen? Hatten Sie deswegen keine Freunde? Hatte er ein Problem damit?«

Auch diese Fragen verneint sie und fügt hinzu: »Er hat immer zu mir gestanden, war für mich da ...« Und wieder ein Schluchzen. »Ich wollte diese Art von Leben ja auch nicht ewig führen. Wir wollten irgendwann woanders neu anfangen.«

Thill, der langsam sehr unzufrieden wird, weil er keinen Schritt weiterkommt, startet einen letzten Versuch: »Hat ihr Freund jemals einen Alex McKinsey erwähnt?«

Sie guckt erstaunt, überlegt kurz und sagt: »Er hat den Namen Alex mal erwähnt, ein Freund, mit dem er Basketball gespielt hat. Er kam bei einem Unfall ums Leben.«

»Unfall?«, wiederholt Thill mit hochgezogenen Brauen und besonderer Betonung auf dem Fragezeichen. »So, so.« Dabei sieht er sie eindringlich an.

Sie legt das Tempotaschentuch auf dem Tisch ab und schiebt es zur Seite zu den anderen. »Warum fragen Sie?«

Bis jetzt sah nichts von dem, was sie sagte und wie sie sich verhielt, gespielt aus. Also beschließt er, ihr die Sache zu erzählen, ohne dabei Informationen einfließen zu lassen, die im Zusammenhang mit den Ermittlungen stehen.

Sie ist geschockt, hat immer gedacht, Rodrigo wäre ein Sensibelchen gewesen: Er hat in manchen Situationen sehr zurückhaltend und empfindlich reagiert, um nicht zu sagen ängstlich, obwohl er mit seinem Körper und seinen Fähigkeiten kein Grund dazu gehabt hätte. Manchmal hat sie sogar den Eindruck gehabt, er würde sich am liebsten verstecken. Als Beispiel gab sie den Audi an. Als spießig und popelig hat sie diesen immer bezeichnet und gemeint, dass er sich doch durchaus einen flotten Porsche, vielleicht sogar einen Ferrari leisten könnte. So ganz genau wusste sie nicht, was er auf dem Konto hatte, wusste aber, dass er eine Weile in Amerika Basketball gespielt hatte, wo er anscheinend richtig viel Kohle verdient hat. Aber er wollte nie damit protzen. Wollte nicht auffallen.

Sie guckt auf die Uhr. »Ich erwarte gleich ... ehm ... Besuch«, erklärt sie mit einem nervösen Räuspern und einem verschämten Ausdruck im Gesicht.

»Na gut«, sagt Thill, der vorerst genug gehört hat. Auf seinem Schreibtisch wartet eh noch genug Arbeit. »Wenn Ihnen noch irgendetwas einfallen sollte, zögern Sie nicht, mich zu kontaktieren.« Er überreicht ihr eine Visitenkarte und macht sich auf den Weg ins Büro, wo er sich Notizen zum Gespräch macht, das eigentlich sehr aufrichtig klang. Falls sie dennoch geflunkert oder irgendetwas verheimlicht hat, dann hat sie ihren Beruf verfehlt, denkt er. Aber muss man in dem Gewerbe nicht ständig schauspielern?

SONNTAG
13. APRIL 2025

Joana

Zeit zum Aufstehen«, grummelt Filipe verschlafen, dessen Arm, auf dem ich liege, allem Anschein nach eingeschlafen ist. Er zieht ihn unter meinem Kopf hervor, schüttelt ihn und klopft ihn mit der anderen Hand ab, während ich versuche, nicht aus dem Bett zu fallen. Die Nacht haben wir in Löffelchenposition in einem Einzelbett verbracht. In *seinem* Einzelbett. Er wohnt in einer recht bescheidenen, aber gemütlichen 50-Quadratmeter-Wohnung mit Meeresblick, deren Aussicht den fehlenden Platz im Schlafzimmer durchaus wettmacht, sofern man ein Doppelbett nicht zwingend benötigt.

»Bei dem Bett darfst du aber keine dicken Frauen abschleppen«, witzele ich, obwohl mir eher nach Trübsal blasen ist: Der Urlaub ist vorbei, die leider viel zu kurze Nacht ist vorbei, und einige der schönsten Stunden meines Lebens sind vorbei.

»Ich schleppe normalerweise keine Frauen mit nach Hause«, versucht er mir weiszumachen.

»Das sagst du sicher jeder Frau, die die ganze Nacht an dir geklebt hat«, lache ich (der Spruch gehört natürlich auch ins Repertoire eines Casanovas) und drücke ihm einen Kuss auf den verlogenen Mund.

Ein Blick zum Wecker: 06:10 Uhr! Upps! Es ist tatsächlich Zeit zum Aufstehen! Ich hatte Filipe gestern Abend gebeten, den Wecker auf 05:50 Uhr zu stellen.

»Ich mache Kaffee, du gehst duschen«, schlägt er vor und rollt aus dem Bett.

Zwanzig Minuten später sitzen wir in seinem alten, verbeulten Toyota Pick-up und sind auf dem Weg zum Flughafen. »Hier in der Gegend gibt es einige Club-Hotels, die Musiker engagieren«, verrät er und guckt mich verschmitzt von der Seite an. Mir ist selbstverständlich klar, worauf er anspielt.

»Dein Ernst?«, frage ich.

»Würde ich dich sonst darauf aufmerksam machen?«

Good Point. Und gar nicht so dumm. Ich kann ja mal Thomas fragen, ob er Anfragen für die Gegend hier im Angebot hat. Der freut sich bestimmt über meinen Besuch im Reisebüro.

Mein Handy, das ich umhängen habe, piept. Wenige Sekunden später piept es ein zweites Mal. Obwohl ich eigentlich nicht gestört werden will, werfe ich einen kurzen Blick aufs Display.

Die beiden Nachrichten kamen von Felix: Die Kriminalpolizei hat angerufen und nach dir gefragt. Darunter die zweite SMS: ??????

Statt einer Antwort schicke ich ein halbes Dutzend Fragezeichen zurück. Was soll man mit solchen Messages anfangen? Wahrscheinlich habe ich in letzter Zeit ein paar Strafzettel zu viel bekommen. Zugegebenermaßen habe ich es mit dem Falschparken übertrieben und möglicherweise war ich auch das ein oder andere Mal zu schnell unterwegs. Aber deswegen wird der Führerschein bestimmt nicht gleich konfisziert. Was auch immer es ist, es muss warten, bis ich zuhause bin. Ich lasse mir doch nicht die letzten Minuten mit Filipe verderben.

»Was ist los?«, fragt der.

»Nichts Wichtiges«, winke ich ab, beuge mich über den Schaltknüppel, um ihm einen Kuss auf die Wange zu drücken, was gar nicht so einfach ist, weil der Wagen breit ist und das Cockpit nun mal nicht dafür konzipiert wurde.

Den Abschied auf dem Flughafen möchte ich lieber nicht beschreiben. Er tut entgegen allen Vorsätzen, die gefühlten Teenagerhormone unter Kontrolle zu halten, weh. Ein letzter Kuss. Ein letzter Blick. Tränendrüsen, die sich füllen. Und schon rollt der Koffer übers Fließband, während mein Körper mitsamt der darin befindlichen gebeutelten Seele und dem gebrochenen Herz die Sicherheitskontrolle durchläuft und gegen die Tränen ankämpft. Das wird auch über den Wolken nicht besser. Von wegen *»alle Ängste alle Sorgen ... blieben darunter verborgen ...«* Herr Mey, Sie haben ja keine Ahnung von den Ängsten und den Sorgen, die mich belasten. Und schon gar nicht von dem Herzschmerz, der mich, wie ich fürchte, nicht nur über den Wolken, sondern auch darunter, und das für den Rest meines Lebens, begleiten wird. Schnief!

Warum fühlen sich Abschiede immer so schrecklich traurig und so schrecklich endgültig an? Erschwerend kommt hinzu, dass ich bezüglich meines zukünftigen beruflichen Werdeganges noch genauso ratlos bin wie vor Antritt der Reise. Zum Nachdenken und Meditieren über das Problem mit dem Standbein bin ich ja leider nicht gekommen.

Ich krame im Brustbeutel nach einem Tempotaschentuch. Danach suche ich Kugelschreiber und Notizbuch. Ich muss mich mit etwas Sinnvollem beschäftigen. Mich ablenken. Ich könnte zum Beispiel den Entwurf des Songtextes, der bis jetzt nur als Sprachnachricht im Handy existiert, auf Papier bringen.

Destination Unknown
Musik/Text: Karin Melchert

Sometimes I wonder, where to go.
I really wonder, but I don't know.
Should I be turning left, should I be turning right
Or cross the road to the other side?

How can I move on, when I don't know?
Where's the roadmap to my show?
To the place where I belong?
Where's my center? How can I find my way home?

I've got a long way, but I wait.
I'm on the wrong way, but go straight
On the road to nowhere,
Though I think I'm too late.

I've got a long way,
I'm on the wrong way.
I'm going down, down, down ... down the road
To destination unknown.

Das Lied vorm Tod

MONTAG
14. APRIL 2025

Kriminalkommissar Thill

Am Nachmittag sitzt Thill - wie so oft in letzter Zeit - gedankenversunken und bleistiftkauend hinter seinem massiven Schreibtisch. Vor ihm sämtliche Kopien der Berichte zu den drei Morden, die mit seinen eigenen, handschriftlichen Notizen und markierten Absätzen übersät sind. Jede Zeile, jeder Gedanke scheint eine neue Wendung in den Fall zu bringen, aber keine Lösung in Sicht. Er schaut sich die Stichpunkte, die er als mögliche Spur herausgeschrieben hat, noch einmal an:

1. Zwei der Opfer waren Basketballspieler: McKinsey und Da Silva. Beide wurden bei Veranstaltungen ermordet.

2. Einer war ein Drogendealer: Das Neipperg-Opfer - Jamal Haddad, der Marokkaner. Auch in seiner Nähe fand eine Veranstaltung statt.

Ob das wirklich ein Zufall ist? Eine weitere Frage drängt sich ihm auf: Warum keine Zeugen? Warum keinerlei Spuren? Täter, die in aller Öffentlichkeit morden, das ist ungewöhnlich. Es scheint, als wolle der Mörder sich nicht nur der Tat entziehen, sondern als würde er sich auch mit seiner Unauffälligkeit geradezu stolz präsentieren. Thill blickt auf seine Notizen, die zwischen den Morden hin und her springen. Kann er sie wirklich alle miteinander in Verbindung bringen? Sein Blick wandert zur nächsten Notiz.

3. Da Silva kannte sowohl McKinsey als auch den Marokkaner.

Auch dieser Punkt bereitet Thill Kopfzerbrechen. Sollte es tatsächlich eine Verbindung zwischen den Fällen geben, was könnten McKinsey, Da Silva und der Marokkaner gemeinsam haben? McKinsey und Da Silva lebten doch eigentlich in völlig unterschiedlichen Welten als dieser Haddad. Oder nicht? War Da Silva, was Drogen anging, vielleicht doch kein so unbeschriebenes Blatt, wie seine Freundin vorgab? Andererseits: Basketballspieler, Fitnesstrainer und Drogen? Seine Gedanken wirbeln weiter, als er den nächsten Punkt auf seiner Liste sieht:

4. Da Silvas Freundin wohnt offiziell in der Rue du Fort Neipperg und arbeitet auch dort - und offensichtlich nicht nur als Kellnerin.

Er zieht seinen Notizblock, auf dem er sich unmittelbar nach der Befragung einiges aufgeschrieben hatte, aus seiner Hosentasche. Beim Durchlesen versucht er, sich an jedes Wort zu erinnern und jedes

Detail nachzuvollziehen. Dann fasst er zusammen: Sie arbeitet also im Milieu. Und das ist immer ein Alarmsignal. Aber ist es wirklich nur das? Hat sie vielleicht doch etwas verheimlicht? Und was hatte sie mit McKinsey zu tun? Das war vor 16 Jahren. War sie da überhaupt schon in Luxemburg? Ihr Akzent, der ganz eindeutig nicht von hier stammt, war ihm nicht entgangen. »Woher kommt sie wirklich?« Diese Frage lässt ihn nicht los. Aber noch mehr die Frage: Hatte sie ihm womöglich etwas vorgespielt? War sie möglicherweise eine viel größere Schachfigur? Vielleicht ist sie in ein Netz aus kriminellen Machenschaften verwickelt - und er hat es nur noch nicht bemerkt? Vielleicht ist sie ein Schlüssel, der ihn zu einem größeren Zusammenhang führen konnte? Aber wieso ist nicht *sie*, sondern ihr Freund erschossen worden? Hat sie ihn hintergangen oder steht sie als nächste auf der Abschussliste? Er notiert sich, sie am nächsten Tag aufs Revier zu bestellen. Vielleicht gelingt es ihm, etwas aus ihr herauszubekommen, wenn sie nicht auf *ihrer*, sondern auf *seiner* Bühne steht. Mit diesem Vorsatz im Hinterkopf geht er über zum nächsten Punkt:

5. Bei allen Taten wurde die gleiche Waffe benutzt!

Zumindest sieht es so aus. Das kann kein Zufall sein, denkt sich Thill. Entschlossen, der Sache auf den Grund zu gehen, beginnt er, seine Liste erneut zu durchforsten. Diesmal bleibt sein Fokus auf dem Wort »Veranstaltungen« hängen, das immer wieder auftaucht. Irgendetwas sagt ihm, dass hier ein entscheidender Zusammenhang bestehen muss. Ein leises Kribbeln breitet sich in seinem Magen aus, als er sich tiefer in seine Überlegungen vertieft. Auf seiner Stirn zeichnen sich tiefe Falten ab, und das Kauen des Bleistifts wird immer intensiver - bis schließlich die Spitze abbricht. Doch er bemerkt es kaum. Er liest weiter, Augen über die Notizen gleitend. Egal, wie sehr er sich konzentriert, der rote Faden bleibt ihm verborgen. Keiner der Punkte, die er überprüft hat, passt zusammen. Es gibt keine offensichtliche Verbindung zwischen den Veranstaltungen, weder was das Publikum noch die Veranstalter betrifft. Auch die Cateringfirmen, die Locations oder das Personal scheinen keinerlei Zusammenhang zu haben. »Das kann doch nicht alles nur Zufall sein«, murmelt er, während er sich erneut durch die Berichte quält. Hatte er etwas übersehen? Vielleicht gab es einen weiteren, subtileren Zusammenhang, den er nicht erkennen konnte? Gerade als er wieder in seinen Gedanken versinkt, klopft es an der Tür. Der unerwartete Klang lässt ihn zusammenzucken. »Ja?«, fragt er schroff, ohne aufzublicken. Die Tür öffnet sich vorsichtig, und eine junge Kollegin tritt ein. Ihr Gesicht ist von Stress und Hektik gezeichnet, als sie ihm hastig eine Unterschriftenmappe übergibt.

»Sie kommen wie gerufen«, überfällt er das scheue Ding, das erschrocken aufblickt. »Was haben Veranstaltungen gemeinsam, wer hält sich dort in der Regel auf - abgesehen von Gästen, Veranstaltern und Personal?«, fragt er.

Nach kurzem Zögern schlägt sie unsicher und unter Schulterzucken vor: »Musiker oder DJs?«

»Sehr gut. Wirklich sehr gut.«

Sie hat zwar keine Ahnung, was die Frage sollte, nimmt das Lob jedoch mit einem stillen Lächeln entgegen. Ihre Freude wird sogleich durch folgende Worte getrübt: »Dann habe ich einen Auftrag für Sie. Bitte setzen Sie sich.«

Die junge Kollegin tut, wie ihr befohlen, und lässt sich etwas unsicher auf dem Stuhl vor seinem Schreibtisch nieder.

»Frau ...?«

Peinlich! Thill blinzelt irritiert und merkt in diesem Moment, dass er den Namen der Kollegin vergessen hat - sofern ihm dieser überhaupt mitgeteilt wurde. Ein klassischer Fall von Dienstalltag, in dem jeder nur noch den Blick auf den Schreibtisch und die endlosen Akten richtet. Eigentlich müsste er sich schämen. Aber zu seiner Entschuldigung - sie ist erst vor zwei Tagen an seine Dienststelle versetzt worden, und er hatte nicht mal Zeit, sich selbst vorzustellen.

»Martins«, hilft sie ihm aus und lächelt dabei so höflich, dass es fast schon ein bisschen bitter wirkt.

»Ah, Martins«, wiederholt er, während er unbewusst mit dem Stift auf den Tisch trommelt. »Gut, Frau Martins. Mein Name ist Thill.«

»Ich weiß«, antwortet sie, immer noch mit diesem unwirklichen Lächeln.

Richtig, denkt er, das kann man ja wohl auch von einer guten Mitarbeiterin erwarten - dass sie sich wenigstens das Wichtigste merkt, wenn der Chef es schon nicht tut. Und auch wenn er sich für einen Moment schlecht fühlt, weil er den Namen seiner neuen Kollegin nicht wusste, lässt er sich nichts anmerken.

»Also, Frau Martins«, beginnt Thill, »ich habe da ein kleines Projekt für Sie.« Er lehnt sich leicht vor, stützt die Unterarme auf den Schreibtisch und tippt mit dem Stift auf das Papier vor sich, als wollte er damit seine Gedanken ordnen. Mit der Absicht, seinen Fauxpas schnell wieder gutzumachen, fährt er fort: »Man hat mir gesagt, Sie kennen sich hervorragend mit Recherchen im Internet aus.« Wenigstens das ist ihm nicht entfallen.

Frau Martins nickt, und diesmal ziert ein echtes, fast ein wenig stolzes Lächeln ihr Gesicht. Es scheint fast so, als habe sie auf genau diesen Moment gewartet, um ihre Fähigkeiten zu beweisen.

»Gut«, setzt Thill an und blickt kurz auf seine Unterlagen, bevor er ihr wieder in die Augen sieht. »Es geht um einen Fall - oder besser gesagt, drei Fälle, die auf den ersten Blick nichts miteinander zu tun haben, aber wir vermuten, dass es da doch eine Verbindung gibt. Ich werde Ihnen die Einzelheiten ersparen, Frau Martins, aber die Kurzversion lautet: Drei Morde, alle in der Nähe von Veranstaltungen begangen. Zwei Basketballspieler, ein Drogendealer. Keine Zeugen, keine Spuren. Es ist, als hätte der Täter unsichtbare Handschuhe getragen.«

Frau Martins hebt leicht die Augenbrauen, sagt aber nichts. Ihre Mimik bleibt konzentriert, aufmerksam.

»Was ich von Ihnen brauche«, fährt Thill fort, »ist ein genauer Blick auf alles, was mit diesen Veranstaltungen zu tun hat. Ich will, dass Sie nach den kleinsten Verbindungen suchen - egal, ob es die Namen der Caterer sind, Musiker, DJs, Reinigungskräfte, Lieferdienste oder von mir aus auch der verdammten Ticketverkäufer.« Seine Stimme ist ruhig, fast beiläufig, aber der Druck in seinen Worten ist deutlich spürbar.

Martins nickt erneut, dieses Mal mit ernster Miene. »Verstanden. Ich werde alles durchgehen, was ich finden kann.« Ihre Stimme klingt ernst, fast schon entschlossen.

»Gut«, sagt Thill und lehnt sich zurück, wobei er den Stift in der Hand hin- und herdreht. »Fangen Sie bitte mit dem Fall McKinsey an.«

Vielleicht, so überlegt er, haben die jüngeren Kollegen ja tatsächlich eine andere Perspektive auf diese Art von Recherchen – oder schlichtweg die Geduld, stundenlang durch endlose Datenbanken und Online-Archive zu stöbern. Mit weniger in den Händen als das, womit er zurzeit bezüglich des Falles dasteht, kann sie wohl kaum kommen. »Die Jugend hat doch immer einen Trick auf Lager, wenn's ums Internet geht«, murmelt er, halb zu sich selbst, halb in Richtung Martins. Sie schaut kurz auf, ein leichtes Lächeln huscht über ihr Gesicht. »Ich werde mein Bestes tun«, sagt sie knapp, aber mit einer gewissen Zuversicht, die Thill nicht entgeht.

»Das erwarte ich auch«, erwidert er und deutet mit einer kleinen Bewegung Richtung Tür. »Lassen Sie mich wissen, sobald Sie etwas haben.«

»Natürlich.« Martins wirft ihm einen letzten, konzentrierten Blick zu, bevor sie den Raum verlässt.

Als die Tür hinter ihr ins Schloss fällt, erlaubt sich Thill einen kurzen Moment, die Hände zu reiben, wie ein Schachspieler, der gerade einen vielversprechenden Zug vorbereitet hat. »Na gut, Frau Martins«, murmelt er, während er den Blick wieder auf die Berichte senkt. »Zeigen Sie mir, was Sie draufhaben.«

Joana

Während ich am Computer sitze, wandern meine Gedanken nach Spanien, an die letzte Nacht, an das viel zu kleine Bett ... hach ...! An den Abschiedskuss auf dem Flughafen ... An die Tränen. Auch jetzt kommen sie wieder. Ich ziehe ein Papiertaschentuch aus der Kleenex-Box, die neben der Tastatur steht. Seit meiner Ankunft hat sich die Anzahl der darin befindlichen Papiertaschentücher erheblich verringert, und das liegt nicht nur am Schnupfen, dessen Ursache höchstwahrscheinlich die Klimaanlage des Flugzeugs ist. Ich reiße mich zusammen und versuche, mich mit den Rechnungen und der liegengebliebenen Post auseinanderzusetzen. Dann krächzt mein Handy. »Artyvents« steht auf dem Display. Das bedeutet Jobanfrage, und das wiederum bedeutet Geld. Und das brauche ich momentan dringend - und zwar für einen neuen Computer. Oder eine weitere Reise nach Spanien? Ich nehme das Gespräch an und halte das Handy ans Ohr.

»Agentur Artyvents. Entschuldigung, wenn ich störe«, piepst eine Stimme durch dasselbe.

Ich kenne sie gar nicht, also die Stimme - die Agentur schon. Die Kleine, zu der sie gehört, muss neu sein. Natürlich weiß ich nicht, ob sie tatsächlich klein ist, aber sie hört sich nicht älter als dreizehn oder vierzehn an. Vielleicht eine Praktikantin oder Ferienjobberin?

»Ich soll Sie fragen, ob Sie am 19. April noch frei sind?«

Definitiv keine Festangestellte.

»Das wäre nächsten Samstag, oder meinen Sie nächstes Jahr?«, frage ich ungläubig. So kurzfristig fragt die Agentur normalerweise nicht an.

»Ja, die Band, die wir ursprünglich gebucht hatten, hat abgesagt«, erklärt sie.

Ich glaube, diesen Samstag habe ich ausnahmsweise tatsächlich nichts. »Ein Moment bitte, ich schaue nach.«

Bingo!

»Wunderbar. Das passt.« Und die Bezahlung der Agentur passt normalerweise auch, daher frage ich gar nicht erst nach, worum es sich handelt, sondern sage sofort zu. Allerdings unter Vorbehalt: »Ich rufe Sie zurück, sobald ich Bescheid weiß, ob der Pianist kann.«

»Wenn es geht, bitte heute noch«, piepst es aus dem Handy, bevor ich das Gespräch wegdrücke und umgehend die Nummer von Chris wähle - die erste Wahl, wenn es um Pianisten geht. Ohne Erfolg. Wie so oft - weswegen ich ihn eigentlich von der Pianisten-Liste streichen sollte. Aber er ist nun mal der beste von allen, und außerdem ein absoluter Publikumsliebling, was uns reihenweise Auftritte beschert. Nach dem sechsten vergeblichen Versuch versuche ich es bei Jean-Claude. Das gleiche Szenario. Ich ziehe eine Tafel Côte d´Or aus der Schreibtischschublade, breche eine Rippe ab und beiße herzhaft hinein - zur Beruhigung. Nach fünf Minuten ist die Tafel über die Hälfte geschrumpft, der Magen tut weh und die Fingerspitzen auch. Wundgetrommelt. Von den angeblich in Schokolade enthaltenen Botenstoffen zur Ausschüttung von Glückshormonen merke ich nicht das Geringste. Dafür aber umso mehr vom Testosteron, das mich zum Ausrasten bringt, wenn nicht sofort jemand der Herren ans Telefon geht. Trotz Magenschmerzen lasse ich das letzte Stück der belgischen Süßigkeit auf der Zunge zergehen. Bei Nummer fünf auf meiner Liste habe ich endlich Glück. Es ist Marco, dem ich nun mein Anliegen vortrage.

»Tut mir leid, da kann ich nicht«, antwortet er. »Worum handelt es sich denn?«

Ich erkläre es kurz. Er lacht gequält: »Ich bin die Band, die abgesagt hat.«

»Aha. Wieso?«

»Lange Geschichte. Erzähl ich dir ein anderes Mal.«
Der Anrufbeantworter von Pianist Nummer sechs erzählt: »Dies ist der automatische Kühlschrank von Klaus Hubsch. Bitte hinterlassen Sie eine Nachricht. Ich werde sie auf einen gelben Zettel kritzeln und auf meine Tür kleben.« Des Weiteren verrät der Anrufbeantworter, dass sein Besitzer zurzeit auf der Couch liegt oder nicht zuhause ist.

Es ist zum Verzweifeln! Aber über zu wenige Jobs klagen, das können sie, die Herren! Beim letzten auf der Liste, Leo, habe ich endlich Glück. Die Freude, der Agentur den Job zusagen zu können, ist jedoch von kurzer Dauer. In dem Moment, als ich nicht mehr von der Arbeit abgelenkt werde, legt sich der dunkle Schleier der Trauer wieder um meinen Kopf. Wehmut, Liebesschmerz und tiefe Sehnsucht - nicht nur nach Sonne und Meer ... Soll ich ihn anrufen? Ach was, sicher hat er mich schon vergessen und umgarnt gerade eine Tussi, die sich fürs Segeln interessiert – oder für andere Dinge ...

MITTWOCH
16. APRIL 2025

Kriminalkommissar Thill

Nehmen Sie Platz, Frau Martins«, weist Thill seine Kollegin an, deren Schicht vor einer halben Stunde angefangen hat, während er auf den leeren Stuhl vor seinem Schreibtisch deutet. Sein Ton ist sachlich, beinahe beiläufig, aber der scharfe Blick, den er ihr zuwirft, zeigt, dass er ihre volle Aufmerksamkeit erwartet.

»Sie haben sich ja sicher schon mit den drei Mordfällen vertraut gemacht?« Seine Stimme senkt sich leicht, während er zu einem Stapel Papiere auf seinem Schreibtisch greift. Er hatte ihr sämtliche Unterlagen übergeben - Berichte, Fotos, Spurenprotokolle.

Sie nickt. »Selbstverständlich.«

»Heute Morgen war die Freundin von Da Silva da. Ich hatte sie hierherbestellt.«

Martins sieht ihn gespannt an. Ihre Haltung ist konzentriert, die Hände ruhen ruhig im Schoß, aber ihre Augen wandern kurz zu dem Stapel auf seinem Schreibtisch, als wolle sie überprüfen, ob dort etwas liegt, was sie noch nicht gesehen hat.

Thill lehnt sich in seinem Stuhl zurück und fährt sich mit einer Hand über seine blanke Kopfhaut - eine Geste, die verrät, dass er nachdenkt oder frustriert ist. »Leider bin ich bei ihr nicht weitergekommen«, gibt er zu und schnaubt leise, bevor er sich wieder nach vorne beugt. »Sie scheint entweder tatsächlich nichts damit zu tun zu haben, und ich meine wirklich nichts, oder sie ist eine verdammt gute Schauspielerin.« Seine Stimme hat einen spöttischen Unterton. »Sie behauptet, keinen blassen Schimmer zu haben, warum ihr Freund ermordet wurde. Schwer zu glauben, wenn Sie mich fragen.« Er greift nach einem Bericht, den er heute Mittag fertiggestellt hat. »Das ist mein Bericht zu ihrer Vernehmung«, erklärt er. »Hier finden Sie alle relevanten Informationen - ihr Name, Alter, Adresse, beruflicher Hintergrund und, soweit wir wissen, ihr Beziehungsstatus zu Da Silva.« Er deutet auf die unterstrichenen Passagen. »Da ist auch eine Liste ihrer letzten bekannten Kontakte und Aufenthaltsorte. Ich habe versucht, sie ein wenig unter Druck zu setzen, um zu sehen, ob sie sich in Widersprüche verstrickt, aber sie blieb bei ihrer Geschichte.«

Martins wirft einen Blick auf Thills Bericht, ihr Gesichtsausdruck ist neutral, aber in ihren Augen blitzt Neugier auf. »Sie sagten, sie könnte eine gute Schauspielerin sein«, murmelt sie. »Gab es Anzeichen dafür, dass sie lügt? Körpersprache, Nervosität ... irgendetwas?«

Thill, ein wenig amüsiert - die Kollegin scheint ihre Sache ernst zu nehmen -, schüttelt den Kopf. »Keine sichtbaren Anzeichen von Nervosität, keine Ausflüchte - nichts. Entweder hat sie ein verdammt reines Gewissen, oder sie ist besser als die meisten, die ich in meiner Karriere verhört habe.« Er lehnt sich zurück und verschränkt die Arme. »Ich will, dass Sie sich die Informationen durchsehen und herausfinden, ob wir etwas übersehen haben. Vielleicht gibt es einen Hinweis in ihrem Umfeld - Freunde, Bekannte, Nachbarn. Irgendjemand muss etwas wissen, was sie nicht sagt.«

Martins nickt erneut, diesmal mit einem Hauch von Entschlossenheit. »Verstanden. Ich werde alles durchgehen, was ich finden kann.«

»Gut.« Thill nimmt einen Schluck von seinem mittlerweile kalten Kaffee, während Martins den Bericht entgegennimmt.

»Fangen Sie gleich an«, befiehlt Thill. »Wir sollten keine Zeit verlieren.«

»Ach, Frau Martins«, ruft Thill seiner Kollegin hinterher, als diese Anstalten macht, zu gehen. »Haben Sie schon etwas herausgefunden, was den Fall McKinsey vor 16 Jahren angeht?«

»Ich bin dran, Herr Kommissar.« Ihre Stimme ist sachlich, aber ein kleiner Funke von Begeisterung schwingt mit. »Ich habe herausgefunden, dass es damals eine Künstleragentur gab, die eng mit der Veranstaltung verbunden war. Leider existiert diese Agentur heute nicht mehr, was es schwieriger macht, die Personen zu finden, die damals dort gearbeitet haben - oder überhaupt jemanden, der sich an die Details der Veranstaltung erinnert.« Sie macht eine kurze Pause, bevor sie nachsetzt: »Aber es sollte möglich sein. Wie gesagt, ich arbeite daran.«

Thill nickt anerkennend, die Falten auf seiner Stirn glätten sich für einen Moment. »Sehr gut«, sagt er schließlich, seine Stimme fest und mit einem Ton, der unmissverständlich zeigt, dass er ihre Arbeit schätzt. »Weiter so, Frau Martins.«

SAMSTAG
19. APRIL 2025

Joana

Hast du meinen Koffer mit den Noten, Kabeln und Mikros reingebracht?«, frage ich Leo, der mich heute zum Auftritt mitgenommen hat, mit einem unguten Gefühl, während er ein Kabel aus dem Kabelkoffer angelt. »In deinem Auto liegt er nämlich nicht mehr.«

»Nein, habe ich nicht«, antwortet er schulterzuckend und versucht, das Kabel zu entknoten. »Vielleicht steht er noch im Foyer.«

Im Eilschritt mache ich mich auf den Weg, um festzustellen, dort steht er nicht.

»Er ist bestimmt noch im Auto. Kannst du mir bitte den Schlüssel geben?«, frage ich leicht außer Atem, als ich wieder in dem für 50 Leute eingedeckten Dinner-Saal angekommen bin, in dem Leo in einer Ecke stehend ein iPad aus einer Tasche hervorzieht.

Leicht genervt antwortet er: »Er ist nicht im Auto. Ich habe das ganze Material reingebracht. Bist du sicher, dass du den Koffer eingeladen hast? Bestimmt steht er noch in meiner Garage.«

»Ich weiß genau, dass ich ihn in deinen Kofferraum gestellt habe«, maule ich. Aber bin ich mir wirklich sicher? Ja, ich bin mir sicher! Ich kann mich nämlich daran erinnern, dass Leo seinen Mikrofonständer draufgelegt hat. »Ich schaue lieber nochmal nach. Bitte gib mir den Autoschlüssel«, insistiere ich.

Kopfschüttelnd wirft er ihn mir zu mit den Worten: »Das Auto ist leer, aber bitte.«

Der Kofferraum ist tatsächlich leer. Das darf ja wohl nicht wahr sein.

»Der Koffer ist weg. Jemand muss ihn geklaut haben, während wir ausluden«, verkünde ich dramatisch, als ich mit leeren Händen zurückkomme und Leo mich mit einem ›Den Weg hättest du dir sparen können‹-Blick empfängt.

»Ach was«, kontert Leo, »der wird sich schon finden.«

Dann versucht er, mir klarzumachen, dass ich nicht richtig nachgeschaut habe und der Koffer bestimmt noch im Foyer steht.

»Na gut, ich werde nachschauen, aber wenn ich ihn dort nicht finde, wovon ich ausgehe, gehe ich zur Rezeption und rufe von dort die Polizei.«

»Du hast sie nicht mehr alle.«

»Habe ich wohl«, keife ich zurück.

»Und was versprichst du dir davon?«, fragt er überheblich.

»Irgendwas muss ich doch unternehmen«, knurre ich missmutig und werfe den Autoschlüssel schwungvoll Richtung Keyboard. Etwas zu schwungvoll vielleicht. Er fliegt knapp an Leos Kopf vorbei. Etwaigen bösen Blicken entkommend, rausche ich schnellstens davon.

»Ja, hier ist Vorsicht geboten«, meint die Dame an der Rezeption und wählt die Nummer der Polizei. »In letzter Zeit gab es hier in der Gegend etliche Diebstähle.« Aha. Meine Vermutung war also nicht so abwegig, wie Leo dachte. Zehn Minuten später hält ein Streifenwagen vor dem Haupteingang, wo ich ungeduldig gewartet habe. Zwei uniformierte Beamte kommen auf mich zu. »Sind Sie die Dame, die eben bei uns angerufen hat?«, fragt der größere von beiden, während er einen Schreibblock zückt und sich bereitmacht, die Anzeige aufzunehmen.

Also gut. Ich beginne, alles aufzuzählen, was sich zum Zeitpunkt des Diebstahls im Koffer befunden hat - inklusive der geschätzten Werte. Zwei Mikrofone, die Geldbörse mit der Gage meines letzten Engagements, Mikrokabel, Schminkutensilien, eine Multisteckdose, mein iPad ... Schätzungsweise dreitausend Euro, insgesamt. Bitter! Und von der Zeit, die ich jetzt brauchen werde, um die Texte im iPad neu zu erstellen und den ganzen anderen Kram - bis hin zum letzten Lippenstift und der Wimperntusche - zu ersetzen, fange ich gar nicht erst an. Und dann waren da noch die Pumps. Normalerweise habe ich immer ein Paar bequeme Schuhe in der Tasche, für den Fall, dass mich die High Heels, die ich auf der Bühne trage, umbringen. Diesmal allerdings waren es meine Guccis. Sonderangebot hin oder her, sie haben mich immer noch stolze 300 Euro gekostet.

»Zeit, Mühe und Arbeit, die mir kein Mensch bezahlt«, beschwere ich mich wenig später bei Leo mit hängenden Schultern. »Mein Mikrofon, das ich mir vor fünf Jahren gekauft habe, das gibt es nicht mehr im Handel, obwohl es eines der besten für meine Stimme ist. Ich habe mehrere getestet.« Ich muss sehr verzweifelt klingen, denn Leo guckt mich mitleidig an, bevor er seine Hand wohlwollend auf meine Schulter legt und meint: »Vielleicht findest du eins bei eBay.« Dann stellt er mir seinen Mikroständer vor die Nase, als wäre damit das Problem gelöst. »Bitteschön.«

»Danke«, murmele ich am Boden zerstört. Die Gage heute Abend ist schon weg, bevor ich sie verdient habe. Und die nächsten sechs, sieben, acht auch - je nachdem wie viel Kohle es jeweils gibt.

Zu allem Überfluss kommt nun auch noch die Dame der Agentur auf uns zu und zieht einen Schnellhefter aus der Handtasche. Etwas irritiert lese ich *Drehbuch*. Sie schlägt es auf, rückt ihren leuchtend knallroten Schal zurecht, der exakt auf ihre Haarfarbe abgestimmt ist, und erklärt: »Ein Schauspieler mit schwarzem Anzug und braunem Aktenkoffer wird Ihnen von dieser Terrassentür ein Zeichen geben.« Sie deutet auf eine Glastür, die perfekt gewesen wäre, um unser Material auf kürzestem Weg zur Bühne zu transportieren, wäre die Zufahrt zu derselben nicht gesperrt gewesen. »Dann wird er schreiend, von einer Messerstecherei schwer verletzt, in den Saal stürzen, zu Boden gehen und sich totstellen. Von den Gästen weiß niemand etwas, abgesehen vom Chef.« Frau Künstleragentur sieht mich eindringlich an. »Die Gäste werden in Panik geraten. Geistesgegenwärtig werden *Sie*«, dabei schaut sie mich noch eindringlicher an, »ihr Handy zücken ...«

»Ich hab keins dabei«, falle ich ihr einigermaßen fassungslos ins Wort (habe es nämlich wieder mal vergessen). Wortlos überreicht mir der Pianist seines. Ich will mehr Gage, steht ihm im Gesicht geschrieben.

Ich verdammt nochmal auch, denn von Schauspielerei stand nichts im Vertrag!

Frau Künstleragentur fährt unbeirrt fort. »Sie tun so, als würden Sie die Polizei anrufen. Zittern. Sind außer sich.« Kein Problem. Das bin ich jetzt sowieso. Leo sieht aus, als würde er am liebsten die eben aufgebauten Lautsprecher von den Ständern reißen, unsere Siebensachen zusammenpacken und sich damit über die sieben Berge machen. »Sie können sich aber gerne noch mit dem Schauspieler absprechen. Er wird nachher beim Essen zu ihnen stoßen.«

»Nicht zu fassen«, raune ich Leo zu, als sich der rote Schal wehend davon macht und wir uns in die Ecke verziehen, wo der Flügel steht.

Wenige Minuten später balanciert ein Kellner Champagnergläser auf einem Tablett an uns vorbei. Bevor der sich umsehen hat, haben Leo und ich uns ein Glas stibitzt und prosten uns zu. Wenn das mal gut geht, denke ich und trinke das halbe Glas leer. Leo spielt einen Jazz-Standard von Gerald Marks an, während die Gäste nach und nach eintrudeln ... Das kann nicht gut gehen, denke ich, nehme noch einen Schluck und ergreife schließlich das Mikrofon, nachdem Leo mir zum zweiten Mal ein Zeichen gegeben hat, ich soll anfangen. Das tue ich dann auch, nachdem er das Intro von *All of Me,* bei dem ich normalerweise nach vier Takten beginne, bereits dreimal gespielt hat.

Zwischen einem Gershwin- und einem Porter-Titel trinke ich den Rest des Glasinhaltes auf Ex. Die Gäste sind bei den Vorspeisen angekommen. Während ich nach einem Kellner Ausschau halte, wird plötzlich eine Tür aufgerissen, die sich neben der Bühne befindet. Viel zu früh, denke ich erschrocken. Der Schauspieler sollte doch erst gegen 22 Uhr in den Saal platzen. Doch es ist gar kein Schauspieler. Es ist der kleine rundliche Polizist. In der Hand hält er einen blauen Koffer! *Meinen* blauen Koffer. Um das Gewicht von zehn Sumoringern erleichtert, nehme ich das Teil überglücklich entgegen.

»Die Polizei - dein Freund und Helfer. Unfassbar!« Leo schüttelt ungläubig den Kopf. Die Gäste, unter denen sich der Diebstahl herumgesprochen hat, legen ihr Besteck nieder und beginnen zu applaudieren.

»Wenn Sie bitte nachprüfen würden, ob was fehlt«, fordert der mit schwarzer Uniform und kugelsicherer Weste ausgestattete Beamte. »Wir haben ihn im Park des Hotels unter einem Baum gefunden«, erklärt er dienstbeflissen und überreicht mir das gute Stück.

Im Park gefunden, ja, so sieht er auch aus. Die blaue Hartschale ist schmutzig und zerkratzt. Innendrin heilloses Durcheinander.

»Nur ein Portemonnaie mit 400 Euro fehlt. Mehr nicht«, stelle ich fest, während der Uniformierte schlussfolgert, es wären bestimmt Drogenabhängige oder Obdachlose gewesen, die Geld brauchen. Der

Abend ist gerettet. Zumindest teilweise. Ich tausche das geliehene Mikrofon gegen mein eigenes aus, auch wenn es an diesem Abend keinen Menschen interessiert, ob ich mit oder ohne Mikrofon singe. Die Musik ist mal wieder genauso überflüssig wie die, für meinen Geschmack, zu saure Salatsoße auf den Radieschen neben den Kalbsmedaillons, die uns in unserer halbstündigen Pause im Umkleideraum auf überproportional großen Tellern serviert wird, während in der Küche bereits das Dessert in den Startlöchern steht. Leo stochert in den Erbsen herum und ich schlucke das letzte Brokkoliröschen herunter, als ein hektischer Mann mit hochrotem Gesicht zu uns stößt. Ich gucke einmal. Zweimal. Und sicherheitshalber nochmal. »Eric?«, frage ich, woraufhin er den Kopf schief legt. Dann leuchtet sein Gesicht auf und er kommt schnurstracks auf mich zu, breitet die Arme aus und frohlockt: »Wow! Ich fasse es nicht. Du? Hier? Komm her, Mensch. Wir haben uns ja seit Ewigkeiten nicht mehr gesehen.«

»Richtig!«, bestätige ich, tupfe schnell den Mund mit der Serviette ab, stehe auf und erwidere seine Umarmung. »Muss vor 15 oder 20 Jahren gewesen sein?«, murmele ich in seine Schulter.

»Eher 20. Die Zeit vergeht so schnell«, meint er.

Wir haben uns beim Gesangsunterricht kennengelernt. Eric wollte Schauspieler werden und im Zuge dessen hat er unter anderem Unterricht für die Stimme genommen und danach eine steile Karriere hingelegt.

»Stimmt es, dass du nach Südfrankreich ausgewandert bist und dort eine Villa gekauft hast? Ich habe das vor Jahren mal im Télécran gelesen und danach nie wieder was von dir gehört«, frage ich.

»Ja, das ist richtig«, bestätigt er.

»Wow, dann musst du wirklich gut verdient haben als Schauspieler.«

»Das habe ich auch«, stimmt er zu und setzt ein schiefes Grinsen auf. »Aber ich habe nebenher noch ein wenig dazuverdient.«

Ich erinnere mich, dass er früher viel getrunken, geraucht und vor allem gekifft hat. Mehr als einmal wollte er mir etwas von dem Zeug andrehen. Ich habe nie geraucht und von Drogen habe ich mich auch immer ferngehalten, was aber bei manchen Kollegen anders war. Und bei denen war er sehr beliebt gewesen. Daher frage ich mich, ob er das Geld vielleicht ...? Ach was. Und selbst, wenn dem so wäre, dann geht es mich nichts an.

»Und was treibt dich zurück nach Luxemburg?« Die Rolle, die er heute Abend spielt, gehört definitiv nicht ins Repertoire eines erfolgreichen Schauspielers. Folglich muss in der Zwischenzeit etwas passiert sein, das ihn aus der Bahn geworfen hat. Mit leicht verkniffener Miene bestätigt er: »Die letzten Jahre ging es mir nicht besonders gut. Weder gesundheitlich noch finanziell.«

Letzteres wundert mich nicht, weil das eine in unserem Beruf das andere meist hinterherzieht. »Tut mir leid. Das heißt, du hast in den letzten Jahren nicht viele Jobs gehabt?«

»Gar keine«, gesteht er und seufzt tief.

Leo hat inzwischen den Tisch mit der Begründung verlassen, nach dem Dessert zu fragen, was Eric veranlasst, neben mir Platz zu nehmen und ein vertrauliches Gespräch anzufangen. Im Flüsterton erklärt er: »Ich war zwei Jahre in Behandlung, unter anderem in einer Entzugsklinik. Alkohol- und Drogensucht haben mein Leben ruiniert. Aber damit ist Schluss. Ich bin clean, habe mit meinem alten Leben abgeschlossen und will neu anfangen.«

Das muss ich erst mal verdauen. Wir haben uns damals sehr nahegestanden, deswegen wundert mich das Geständnis nicht. Wäre er nicht ins Ausland gegangen, um dort weiter zu studieren, hätte aus uns ein Paar werden können. Mitfühlend streiche ich ihm über die Hand, mit der er Baguettekrümel vom Tisch gepickt hat. »Ich drücke dir die Daumen, dass es klappt, und ich wünsch dir wirklich alles erdenklich Gute.«

»Danke«, sagt er, steht auf und drückt mir einen Kuss auf die Stirn. »Ich suche mal eben einen Kellner. Ich brauche dringend etwas Essbares zwischen den Kiemen.«

Mit sowohl vollem als auch nervösem Magen kehren Leo und ich zur Bühne zurück. Sofern man es als Bühne bezeichnen möchte. Wir stehen ebenerdig in einer Ecke, gleich neben der Glastür, die eben von dem Beamten benutzt wurde; sie führt über eine Terrasse in einen mit allerhand Hecken, Sträuchern und Ganzjahrespflanzen ausgestatteten Park. In wenigen Minuten beginnt die Show. Normalerweise bin ich bei regulären Jobs (so wie dem von heute) nicht nervös. Aber diesmal ist beim Ablauf des Programms eine, wie ich es nenne, »Unbekannte« hinzugekommen. Und wie immer, wenn das der Fall ist (beispielsweise bei einem Konzert mit neuem Repertoire, einem Event mit Moderation über Themen, von denen ich keine Ahnung habe, oder bei einer Hochzeitsfeier in vollbesetzter Kirche, bei der vorauszusehen ist, dass der Pfarrer das Zeichen für meinen Einsatz verpeilt), habe ich Lampenfieber.

Völlig sinnbefreit und mit einem nervösen Zucken scrolle ich über mein iPad, bis ich den Text von *Close to You* gefunden habe, den Leo angekündigt hat. Warum, ist mir im Nachhinein ein Rätsel, denn ich kenne den Song von Burt Bacharach schon seit Jahren auswendig. Muss wohl am Lampenfieber liegen. Während des Singens habe ich meine Nerven einigermaßen unter Kontrolle, aber in den Pausen zwischen den Titeln oder wenn Leo Solos spielt und ich Zeit zum Nachdenken habe, zieht sich mein Magen unangenehm zusammen. Das wird eine Katastrophe, denke ich, nippe am dritten Glas Sekt und ... Ein gellender Schrei! Eine auffliegende Terrassentür! PENG! In meinen Ohren ein stechender Schmerz. Vor Schreck verschütte ich einen Teil des Getränks. Er landet auf meinem schwarzen Paillettenkleid. Eric taumelt in den Saal. In der einen Hand ein Aktenkoffer, in der anderen ein Messer. Beide gleiten ihm aus der Hand und fallen zu Boden. Blut klebt an den Fingern. Künstliches natürlich. Sieht verdammt echt aus, denke ich voller Respekt und erstaunt zugleich. Weitere Schreie. Diesmal von den Tischen um uns herum. Einige Gäste springen erschrocken auf. Andere werden stocksteif. Eine hagere Dame schreit wie am Spieß. Eine mit kugelrundem Bauch fällt in

Ohnmacht. »Hilfe!«, brüllt ihr Sitznachbar. »Sie ist schwanger. Wir brauchen einen Arzt ...« Der ganze Saal ist in Aufruhr.

Ach du liebe Zeit!

Eric verzieht keine Miene. Liegt auf dem Boden mit schneeweißem Make-up im Gesicht, aufgerissenen Augen und einer ständig wachsenden Blutlache, die für meinen Geschmack etwas übertrieben wirkt. Sehr professionell halt, der Typ. Ich dagegen halte den Tumult und das ganze Tohuwabohu nicht mehr aus. Auch Leo schaut ziemlich beunruhigt drein und guckt mich mit einem Blick an, der sagt: Unternimm was! Und genau das tue ich: »Liebe Gäste, bitte beruhigen Sie sich«, schreie ich hysterisch ins Mikrofon. Leo macht ein Zeichen, ich soll leiser sprechen. Richtig. Ich sollte Ruhe bewahren, die Situation und die Gäste in den Griff kriegen und so tun, als hätte ich alles unter Kontrolle: »Liebe Gäste, ich bitte Sie, beruhigen Sie sich. Es war nur ein Scherz. Alles ist gut.«

Eine Meinung, die ich offensichtlich nur mit Leo teile, denn das Stimmengewirr ebbt nicht ab. Ich sollte ein paar Flaschen Digestiv bestellen, und zwar sehr hochprozentigen!

»Nichts ist gut«, schreit der (ich vermute) Ehemann der Schwangeren. »Wir brauchen einen Arzt. Rufen Sie doch um Himmels Willen einen AAARZT!«

Augenblicklich werden sämtliche Handys gezückt. Ich möchte jetzt nicht an der Telefonzentrale der 112 sitzen.

Eric rührt sich immer noch nicht. Und die Blutlache sieht auch nicht mehr witzig aus.

Gerade als ich dem herbeigerufenen Ober den Vorschlag mit dem Digestiv unterbreite (damit ließe sich der Abend vielleicht noch retten), kommt der Chef der Firma, dessen Versuche, sich Gehör zu verschaffen, bis jetzt kläglich gescheitert sind. Er will das Mikrofon. »Meine Damen und Herren, Mesdames et Messieurs, bitte beruhigen Sie sich. Wir haben einen Schauspieler engagiert. Es war nur ein Scherz. Es sollte ein Krimidinner werden, bei dem Sie den Täter herausfinden sollten. Der Herr Drosten wird das sicher gleich erklären ... Herr Drosten?«

Der Herr Drosten spielt seine Rolle unbeirrt weiter und rührt sich nicht. Ganz so, als würden ihn die Rede des Firmenchefs nichts angehen.

»Eric, das ist nicht lustig!«, fahre ich ihn an.

Aber Eric rührt sich immer noch nicht.

Selbst Leo, der eher zur Träg- und Gelassenheit neigt, wird die Sache zu dumm. Er geht schnurstracks auf den regungslosen Körper zu, schüttelt ihn ... und erstarrt! Dabei nimmt er die gleiche Gesichtsfarbe an, die auch Erics Gesicht auszeichnet. Oder sollte ich sagen »ausgezeichnet hat«, denn es färbt sich gerade rot, und zwar durch Blut, das nicht aus präparierten Stichwunden kommt, sondern aus einem Loch im Schädel, das nun sichtbar ist.

In dem Moment, als ich realisiere, was tatsächlich passiert ist, steht mein Herz still. Alles steht still! Nur vage registriere ich den Firmenchef, dem die Gesichtszüge entglitten sind. Er steht hinter Leo, fassungslos, planlos - weiß wie eine Wand. Schließlich bückt er sich über Erics leblosen Körper, als müsse er sich überzeugen, dass das, was offensichtlich ist, tatsächlich passiert ist. Die Tür hinter dem toten Eric steht noch immer offen, was der Herr Firmenchef in diesem Moment realisiert und im Affekt durch den ganzen Saal schreit: »Verlassen Sie sofort den Saal!«

Aber ich höre es nicht. Irgendwie ist meine Welt stehen geblieben, das Rundherum ausgeschaltet, der Ton gemutet, alles erscheint unwirklich und ich kann nicht glauben, was ich sehe. »Eric«, will ich rufen, doch der Name bleibt im Hals stecken. Ich will zu ihm rennen. Aber Leo packt mich an der Schulter. Was soll das? Ich will wissen, was passiert ist, will mich losreißen, will durch die offene Tür nach draußen rennen. Dort muss jemand sein. Jemand, der das verbrochen hat. »Wo willst du hin, komm weg hier«, ruft er und zerrt am Ärmel meines Kleides. »Draußen ist jemand mit einer Waffe.« Ich schnappe augenblicklich aus dem Detektivmodus (von dem ich nicht wusste, dass ich ihn besitze). In mir bricht alles zusammen, wie die Balken, Decken und Wände einer niederbrennenden Holzscheune. Kampflos, kopflos, willenlos folge ich Leo – wohin auch immer. Der sieht mittlerweile aus, als müsse er sich übergeben. Sympathisierend dreht sich mein Magen ebenfalls um. Leo zieht mich in den Flur, vorbei an wimmernden, schockstarren, flüchtenden, hysterisch schreienden, gefassten und weniger gefassten Menschen ... Ich muss kotzen ... Oder von dem Zeug trinken, das ich eben geordert habe, und das nun von zwei ahnungslos und verwirrt dreinblickenden Kellnern auf runden Serviertabletts gebracht wird ... Leo stürmt Richtung Toilette ... Ich schnappe mir ein Schnapsglas ... Und noch ein Glas ... Und noch eins ...

15 Minuten später.

Stimmengewirr, Chaos, Kopflosigkeit ... Alles läuft wie auf einer Leinwand vor meinem geistigen Auge ab. Einer Leinwand, vor der ich nicht sitze, so wie es im Kino der Fall ist, sondern vor der ich stehe. Auf der Stelle. Verloren und nicht abgeholt. Kino im Stehen. Witzig. Bis mich jemand von der Seite anspricht. Ein Beamter. Leider nicht der nette, rundliche von vorhin. »Ihren Namen bitte ...«

»Eh ... wie bitte, was? ... Meinen Sie mich?«

Er guckt streng und schiebt mich zum Tisch, an dem vorher Gäste diniert haben. »Setzen Sie sich doch erst mal«, fordert er. Um uns herum weitere Beamte, Hotelangestellte und Gäste, die stehen oder herumirren, sich Luft zufächeln, Fragen stellen, debattieren, rekonstruieren, nachvollziehen, Rede und Antwort stehen. Und das alles zwischen Weingläsern, Bierflaschen, Hochprozentigem und noch mehr Hochprozentigem.

»Hallo ... Ich spreche mit Ihnen«, höre ich die Stimme des Beamten neben mir. Er nimmt mir den Kristall-Schwenker mit dem Cognac, oder was auch immer drin ist, aus der Hand. »Bitte setzten Sie sich«, sagt er, setzt sich an den Dinnertisch, schiebt Teller, Besteck und Gläser zur Seite und legt ein Notizbuch darauf.

Was will er von mir?

»Ihre Personalien, wenn ich bitten darf.«

Ich rattere den gewünschten Text ab, ohne nachzudenken, und frage mich, wo Leo abgeblieben ist?

Dann sehe ich ihn, kreidebleich, hinterm Piano liegend. Ein Sanitäter fühlt seinen Puls, redet ihm gut zu, reicht ihm ein Glas Wasser und wühlt in einem Arzneikoffer.

»Ich muss zu meinem Kollegen«, sage ich zu dem Uniformierten und will aufstehen, doch er hält mich zurück. *Warum halten mich heute bloß alle zurück?*

»Sie haben hier Musik gemacht?«, fragt er.

»Ja ... *hicks* ..., ´schuldigung, ich bin in der Tat ... *hicks* ... die Sängerin.«

Kriminalkommissar Thill

Sängerin!, überlegt er und denkt sofort weiter: Musik! Veranstaltungen! Und wenn er sich ihren Namen so betrachtet, der kommt ihm auch irgendwie bekannt vor. Er weiß nur nicht wieso, hat aber eine Ahnung. »Bleiben Sie bitte hier sitzen, ich werde gleich wieder bei Ihnen sein.«

Mit diesen Worten erhebt er sich und macht sich auf den Weg zu seinem Dienstwagen. Unterwegs ruft er seine Kollegin an, die für die Nachtschicht eingeteilt ist. Sie geht sofort ran. »Frau Martins, haben sie die Aussagen und die Namen der Zeugen zufällig bei Hand, die bei der Audi-Veranstaltung befragt wurden?«

»Ja, eine Sekunde ... Ja, ich habe sie jetzt auf dem Bildschirm.«

»Gut. Kommt darin der Name Joana Blum vor? Sie ist Sängerin. Auf der Veranstaltung gab es ja eine Sängerin, nicht wahr?«

»Richtig. Und soweit ich mich erinnere ... einen Moment, ich schau mal nach, damit ich nichts Falsches sage ...«

Thill ist mittlerweile beim Wagen angekommen. Er entriegelt die Türen und setzt sich auf den Beifahrersitz.

»Ja, hier steht es«, ruft seine Kollegin ihm ins Ohr. »Bei der Veranstaltung - das haben mehrere Zeugen angegeben - hat Da Silva der Sängerin ein Glas Sekt gebracht und mit ihr gesprochen. Die beiden könnten sich gekannt haben. Sie war allerdings bei der Befragung nicht dabei, da sie schon Feierabend hatte. Den Namen habe ich leider noch nicht herausfinden können. Bin aber dran.«

»Danke, Frau Martins. Das wollte ich hören.« Bevor er das Gespräch wegdrückt, fällt ihm ein: »Ich habe einen weiteren Auftrag für Sie. Schauen doch bitte mal nach, was Sie über einen gewissen Eric Drosten herausfinden. Informationen dürfte es genug geben - er ist Schauspieler. Wenn Ihnen irgendetwas auffällt, was im Zusammenhang mit unseren derzeitigen Fällen stehen könnte, bitte ich Sie, mir umgehend Bescheid zu geben.«

Ohne ihre Antwort abzuwarten, öffnet er das Handschuhfach, das - wie immer - kurz davor ist, seinen Inhalt explosionsartig preiszugeben. Nachdem er eine Packung Papiertaschentücher, eine angebrochene Tüte Gummibärchen und eine Schachtel Pflaster zur Seite geschoben hat, findet er das, was er sucht: sein privates Notizbuch, das er mit sich führt, wenn er nicht im Dienst ist. Ein leicht zerfleddertes Ding, das bessere Tage gesehen hat. Er zieht es hervor, setzt seine Lesebrille auf die Nase und schlägt die letzten Seiten auf. Während er durch die krakelige Handschrift wandert, bilden sich über seiner Stirn zwei steile Falten - wie kleine Zornesblitze. Schon nach wenigen Sekunden bestätigt sich seine Vermutung: Der Name steht in seinem Notizbuch: *Joana Blum - mehrere rappels. Erinnerungen,* nennt es der Deutsche. *Stalking,* könnte es die Zeugin nennen. Aber das Ergebnis bleibt dasselbe: Sie hat sich einfach nicht gemeldet. Obwohl seine Kollegen mehrfach versucht hatten sie zu erreichen und Nachrichten zu hinterlassen. Sogar auf dem Handy, das angezeigt hat, dass die Nachrichten gesehen wurden. Das macht ihn stutzig - und, na ja, ein wenig wütend. Als hätte er nicht schon genug am Hut in diesem Chaos aus unerledigten Notizen, zu vielen Zeugen und halbherzig recherchierten Fakten. »Um alles muss man sich selbst kümmern«, murmelt er, während er das Notizbuch zuschlägt.

Mit neuem Elan marschiert er zurück zu ihr. Sie sitzt immer noch dort, wo er sie zurückgelassen hat - vor einem leeren Cognacschwenker.

Er setzt sich wieder. »Wir haben im Laufe der letzten Woche mehrfach versucht, Sie zu kontaktieren«, sagt er mit ernstem Ton. »Leider vergeblich!« Die Freundlichkeit, mit der er vorhin versucht hat, ihr zu begegnen, ist ihm auf einmal vergangen. Sein Ton ist bitter und seine Absicht auch. Er will Resultate! Und er will Antworten! Aber wenn er sich die Frau, die vor ihm sitzt, so betrachtet, muss er wohl einsehen, dass sie kaum vernehmungsfähig ist. Andererseits aber vielleicht ehrlich. Und weil er nichts zu verlieren hat, setzt er alles auf eine Karte und fragt geradeheraus: »Sie haben bei einer Audi-Veranstaltung vor zwei Wochen gesungen?«

Joana

Äh, *ja?* Was hat das jetzt mit heute Abend zu tun? Und wieso interessiert ihn das überhaupt? Ich versuche, das Gefragte zu entschlüsseln, aber irgendwie fehlt mir der Kontext. Und ein klarer Kopf. Ich höre, wie der Beamte in einem ziemlich gedankenverlorenen Ton etwas vor sich hinmurmelt, was ich nicht verstehe. Umso besser verstehe ich jedoch, was er dann sagt: »Ich werde Ihnen jetzt ein paar Fragen stellen, und ich würde Sie dringend bitten, diese ehrlich zu beantworten!« Er sagt es in einem Ton, der mir überhaupt nicht behagt. Es klingt fast so, als würde er mich für eine Verdächtige halten. Trotz der diversen Spirituosen, die ich eben zu mir genommen habe, bin ich plötzlich stocknüchtern, und der Schluckauf hat sich schlagartig verzogen. Was zur Hölle? Ich runzle die Stirn. Und überhaupt - woher weiß er, dass ich bei der Audi-Veranstaltung gespielt habe. Mein Name war dort gar nicht erwähnt worden. Der Job lief über Marcos Agentur. In seinen Standardverträgen steht immer nur »Sängerin«. Nur der Firmenchef hat mich nach meinem Namen gefragt, als er mich vor dem Auftritt persönlich begrüßte. Und dieser Athlet, der mir den Sekt gebracht hat. Wie hieß er noch gleich?

Kriminalkommissar Thill

Sie kannten Rodrigo da Silva?, fragt Thill nun etwas direkter und beobachtet in diesem Moment sehr genau die Reaktion seines Gegenübers. Das hat er in seinem Beruf gelernt: Im ersten Augenblick lässt sich am sichersten erkennen, ob jemand schuldig ist. Das ist der Augenblick, in dem sich der Täter überrumpelt fühlt, seinen Schreck, die Verblüffung oder Fassungslosigkeit unterdrücken muss, der Moment, in dem er beginnt, seine Lüge zu formulieren.

Der erstaunte und für einen Moment leicht irritierte Blick verrät, dass der Name Rodrigo da Silva ihr durchaus geläufig ist. Damit hat Thill gerechnet, und er freut sich.

»Rodrigo ...«, wiederholt sie, als wäre ihr der Name geläufig. Dann beginnt sie zu stammeln: »Kennen? ... Nein, nicht wirklich. Ich habe ihn ... das heißt, er hat mir bei der Veranstaltung ein Glas Sekt gebracht.«

»Haben Sie ihn darum gebeten?«, fragt er.

»Nein, er kam einfach so.«

»Einfach so aus freien Stücken? Wie erklären Sie sich das?«

»Keine Ahnung. Ich denke, er hat sich gelangweilt.«

»Gelangweilt. So, so. Und weil sich jemand langweilt, spricht er sie einfach an?«

»Vielleicht wollte er mich anbaggern?«

»Hat er das?«

»Wenn ja, ist es mir nicht aufgefallen.«

»Sie behaupten also, er habe Sie nicht angebaggert, Sie haben ihn vorher noch nie gesehen und wissen auch sonst nichts über ihn?«

»Ja ..., das heißt, nein. Ich weiß nichts über ihn und habe ihn vorher nie gesehen.«

»Sind Sie sicher?« Thill beobachtet jede Augenbewegung und jede Veränderung ihrer Miene. Er sieht, wie sie nachdenkt. Vielleicht darüber, was sie erzählen soll, ohne den Verdacht auf sich zu lenken?

»Soweit ich mich erinnere, hat er erwähnt, dass er in einem Fitnessstudio arbeitet.«

»Und das ist alles?«

»Ja.«

Ihm fällt auf, dass sie in der Gegenwart über Da Silva spricht. Clever, falls sie so tun will, als wüsste sie nichts von seinem Tod. »Sie wissen aber schon, dass Rodrigo ermordet wurde?«

Wenn sie jetzt ›nein‹ sagt, lügt sie, davon ist er überzeugt. Selbst, wenn sie keine Zeitung liest, kein Radio hört und kein RTL guckt, müsste sie etwas von dem Mord an Da Silva mitbekommen haben. In ganz Luxemburg gab es tagelang kein anderes Thema.

»Nein«, kommt es überraschend spontan von ihrer Seite, während sie eine erstaunte Miene aufsetzt. Es könnte geschauspielert sein, überlegt er – und prompt durchzuckt ihn ein Geistesblitz. »Sie haben vor zwei Wochen bei der Firmenfeier einer IT-Firma in der Nähe der Gare gesungen.« Zwar hat ihm seine Kollegin die Liste mit den Namen der Musiker auf der Firmenfeier in der Rue du Fort Neipperg noch nicht vorgelegt, aber er probiert es einfach.

Sie stutzt. Ein Zeichen, dass in ihrem Kopf etwas vorgeht. Tatsächlich erhält Thill eine positive Antwort auf die Frage. Obwohl sich die Sängerin im weiteren Verlauf des Gespräches nicht verhaspelt oder verrät, zweifelt er daran, dass sie bezüglich Da Silva die Wahrheit sagt. Immerhin war sie bei drei Veranstaltungen zugegen, wie er soeben erfahren hat, und ist damit die einzige Verbindung zwischen den Mordfällen - der einzige Strohhalm. Und den gedenkt er nicht loszulassen. »Sie haben auch keine Ahnung, warum Rodrigo getötet wurde?«

»Wie sollte ich?«, fragt sie und wirkt nervös. Fügt jedoch etwas ungehalten und mit überraschender Bestimmtheit hinzu: »Ich kannte ihn ja nicht.«

In der Hoffnung, durch eine völlig aus dem Kontext gerissene Frage, auffällige oder verräterische Reaktionen zu beobachten, spielt er seinen letzten Trumpf auf: »Und wieso haben Sie sich nicht auf unsere Vorladung gemeldet?«

»Welche Vorladung?«, fragt sie und tut so, als wäre sie überrascht.

›Das muss man ihr lassen‹, denkt Thill, ›die Ahnungslose zu spielen, das hat sie wirklich drauf‹. Er beschließt, die Befragung an dieser Stelle zu beenden und die Dame nächste Woche aufs Revier zu bestellen. Bis dahin, so denkt er voller Optimismus, werden er oder seine Kollegen weitere Indizien gefunden haben, die gegen sie sprechen.

Joana

Krampfhaft das Handy in den Händen haltend, laufe ich im Wohnzimmer auf und ab. Keine gute Idee, denn der Boden schwankt, also lasse ich mich auf einen Sessel fallen, und starre auf das Phone. Ich muss mich ablenken, muss mit jemandem reden. Felix? Eher nicht. Er ist auf Geschäftsreise und womöglich erwische ich ihn, während er gerade auf seiner Tussi ... ach lassen wir das. Ich könnte stattdessen ... ich weiß nicht ... soll ich wirklich ... Filipe? Er hat sich bis jetzt nur ein einziges Mal gemeldet - eine SMS mit der Frage: »Bist du gut angekommen?« Dahinter ein Kuss-Smiley. Ich habe mit ›Ja‹, fünf Herzchen und zwei Kuss-Smileys geantwortet. Weil es nicht meine Art ist, einem Mann hinterherzulaufen, habe ich es damit belassen und will deswegen auch nicht die Erste sein, die anruft: Für den ersten Schritt sind die Herren der Schöpfung zuständig. Sie sind die Jäger. Und sowieso, und überhaupt, vielleicht hat er inzwischen eine andere Flamme? Andererseits, mit irgendjemandem muss ich reden, um nicht völlig durchzudrehen. Ungeachtet dessen, dass er wahrscheinlich im Bett liegt, entfährt mir ein »Scheisseja!« und ich wähle seine Nummer. Er ist sofort dran, und nachdem ich mich vorgestellt habe - zumindest dachte ich, ich hätte mich vorgestellt -, fragt er: »Joana, bist du das?«

Oooh, es ist sooo schön, seine Stimme zu hören. Er klingt überhaupt nicht verschlafen. »Jaaa ...Du biss noch wach?«, frage ich.

»Bist du beschwipst?«, lautet die Gegenfrage.

»Man könnte es auch als sternhagelvoll bezeichnen«, lautet die Antwort klar und deutlich und ich wundere mich selbst, wie ich die Wörter in der richtigen Reihenfolge und ohne Lallen und Lullen hingekriegt habe. Vielleicht liegt es an der Erleichterung, seine Stimme zu hören, oder am Schock, der mir immer noch in den Gliedern steckt.

»Ähm ...«, beginnt er und man merkt ihm an, dass er nicht weiß, was er sagen soll. »Sollen wir vielleicht morgen sprechen?«

»Nein!« Auch das kommt voller Überzeugung aus meiner Brust. »Isch muss mit jemannem reden.«

»Bist du allein?«, vergewissert er sich.

»Ja, äh, das heißt nein. Leo, das ist mein Pianist, liegt auf der Couch unn schläft. Iss genauso besoffen. Er hat mich nach Hause gefahren«, zittrig, völlig durch den Wind, und durcheinander (fahruntüchtig, wenn man mich fragt). Und dazu stocknüchtern. Während alle anderen sich mit Alkohol betäubt hatten, kam sein gesamter Mageninhalt retour, und er war, abgesehen vom Schock, bei klarem Verstand, als er mich vor der Haustür abgesetzt hat. Ihn völlig allein in diesem Zustand nach Hause fahren zu lassen, womöglich unter weiteren Übelkeitsanfällen oder Panikattacken ... Das konnte ich nicht zulassen, das wäre fahrlässig. So habe ich ihn überredet mit ins Haus zu kommen, bin in die Weingarage und habe eine Auswahl an Spirituosen ins Wohnzimmer geschleppt.

»Vielleicht sollten wir dann doch besser morgen reden.«

»Nein, auf keinen Fall. Wenn du jetzt auflegst, trinke ich noch eine Flasche Wein und dann kriege ich eine Alloho..., ähm, Alooog...«, stottere ich. »Also, isch meinte Allholvergiffung ... Aber wär vlleich besser, dann hätt isch kein Sorgen und kein Lüfsshummer mehr. Ach, alles Scheise ...« Dann fange ich an zu schluchzen.

»Was ist denn los?«, fragt er nun.

»Ich werd´ des Mors ... eh, Moorres ...« Ich setzte ein paar Mal an, bevor ich den Satz mit »beschuldigt« ende.

»Nochmal«, sagt Filipe. »Das hörte sich so an, als wolltest du sagen, du würdest des Mordes beschuldigt werden.« Er lacht amüsiert, was ihm sofort vergeht, als die ganze Geschichte aus mir herausbricht. Brockenweise. Mit Aussetzern und unter Tränen. Nur das mit dem Lüfsshummer lasse ich weg.

»Ach du Arme«, bedauert er mich. »Wenn du hier wärst, würde ich dich sofort in die Arme nehmen und dafür sorgen, dass dir nichts passiert.« Die Worte gehen runter wie Öl und tun so unendlich gut, dass mir ganz warm ums Herz wird und ich wieder Lebensmut schöpfe. Trotzdem muss ich gähnen. Der Schock, der Alkohol. Mein Körper ist überfordert.

»Am besten, du legst dich erst einmal ins Bett und ruhst dich aus. Du wirst in den nächsten Tagen einen klaren Kopf benötigen. Wir können ja morgen nochmal telefonieren, okay?«

»Ja.«

»Versprochen?«

»Ja.«

Mit einem klitzekleinen Lächeln und einem Schmetterling im Bauch, lege ich mich ins Bett und falle in einen leichten Schlaf, hin- und hergerissen zwischen Albträumen und rosaroten Wolken.

MONTAG
21. APRIL 2025

Kriminalkommissar Thill

Auf Thills Gesicht macht sich ein zufriedenes Grinsen breit, während er auf den Bildschirm starrt. Die junge Kollegin, Frau Martins, die er mit den Recherchen bezüglich der Musiker und des Schauspielers beauftragt hatte, hat ihm soeben die einige Ergebnisse per Mail zugeschickt. Interessant ist vor allem die Tatsache, dass dieser Eric Drosten in der Vergangenheit wegen Drogen- und Alkoholkonsum auffällig geworden war und später in einer Entzugsanstalt landete. Zu dem Event vor 16 Jahren schreibt die Kollegin: »Es handelte sich um einen gezielten Kopfschuss, und zwar eine halbe Stunde nach dem offiziellen Ende der Veranstaltung, bei der eine Sängerin mit dem Namen Joana engagiert war.«

Während Thill dämmert, dass sich die Auftritte dieser Trällertante wie ein roter Faden durch sämtliche Morde ziehen, öffnet er die Schreibtischschublade, zieht ein Notizbuch hervor, greift nach einem Kugelschreiber und notiert:

Künstlername: Joana.
Richtiger Name: Johanna Blum.
1. Sie war bei ALLEN Veranstaltungen vor Ort
2. Hat sich nicht auf die erste Vorladung gemeldet.
3. Verdächtiges Verhalten bei Verhör.
5. Kannte Da Silva, aber streitet es ab.
5. Kannte den Schauspieler, und zwar schon seit ihrer Jugend, als dieser mit Drogen zu tun hatte.

Reichlich viele Zufälle, denkt er. Einziger Haken: Den Schauspieler kann sie, laut Aussagen der Gäste, schlecht umgebracht haben, da sie sich im Raum befand, als der Schuss fiel. Es kann aber nicht ausgeschlossen werden, dass sie mit jemandem zusammengearbeitet hat. Weil dieser Gedanke und die bisherigen Hinweise leider nicht ausreichen, etwas gegen sie zu unternehmen, tippt er wild auf seinem Computer herum. Irgendetwas will er noch finden. Irgendetwas *muss* er noch finden. Er und seine Kollegen tappen schon viel zu lange im Dunkeln.

Nach gezielten Recherchen leuchtet sein Gesicht auf. »Yes«, ruft er, klatscht triumphierend in die Hände und gibt sofort einen Durchsuchungsbefehl heraus.

Joana

Die Nachbarn, von denen manche aus den Häusern gekommen sind, während andere hinter Gardinen lauern oder auch komplett ungeniert aus den Fenstern gucken, staunen nicht schlecht. Was ich ihnen nicht verübeln kann. Wie erklärt man den Anwohnern einer ruhigen Siedlung, wenn in ihrer Straße plötzlich Streifenwagen mit Blaulichtern vorfahren, und mehrere bewaffnete Beamte ein Haus erstürmen, dessen Hausherrin selbst nicht so genau weiß warum? Frau Schambourg von nebenan kam bereits rübergeeilt. Ich habe sie weggeschickt, ohne den wahren Grund der Polizeivisite zu nennen. Habe nur gesagt, es würde sich sicher um ein Missverständnis handeln, ich würde ihr später alles erklären.

Während ich fingernagelkauend (was ich seit Kindertagen nicht mehr getan habe) im Flur rumstehe, durchforsten die Beamten das ganze Haus. Ich weiß gar nicht wonach sie suchen? Plötzlich kommt dieser Beamte mit dem drei Millimeter Haarschnitt auf mich zu, der mich nach dem Mord an Eric ausgequetscht hat. Ich habe das Gefühl, mir wird schon wieder übel.

»Besitzen Sie eine Waffe?«, fragt er in einem Ton, der mich zusammenzucken lässt.

»Nein«, antworte ich erschrocken. »Warum fragen Sie?«

»Weil Sie laut meinen Recherchen früher mal einen Waffenschein besaßen«, blafft er.

Tatsächlich klingelt da etwas in meinem Kopf. Etwas, was ich allem Anschein nach verdrängt habe.

Mein Vater war leidenschaftlicher Schütze - sowohl im Verein als auch im Wald. Und weil er mit mir unbedingt etwas ›Väterliches‹ teilen wollte (oder vielleicht nur, weil er sich insgeheim einen Sohn gewünscht hatte), hatte er mich kurzerhand mitgeschleift. In Tarnjacke und mit Gehörschutz. Ich war etwa so begeistert wie ein Vegetarier beim Spanferkelessen. Nach unzähligen Fehlschüssen und einer gehörigen Portion Trotz hatte ich den Waffenschein zurückgegeben und beschlossen, stattdessen lieber Songs zu schreiben - Musik lag mir schließlich schon immer im Blut. Kurz danach verlor er ebenfalls die Lust am Schießen und verkaufte alle Waffen. Bis auf eine. Die ließ sich nicht verkaufen. Nicht, weil sie ihm so am Herzen lag - sondern weil sie gar nicht *existierte*, zumindest nicht offiziell. Keine Registrierung, keine Papiere, nichts. Er war leidenschaftlicher Sammler gewesen, und dieses Baby, über das nie gesprochen werden durfte, war sein ganzer Stolz. Und was macht man mit so etwas? Man vererbt so etwas natürlich seinem Kind. Hätte der Beamte das Teil nicht erwähnt, wäre es mir vermutlich erst wieder eingefallen, wenn es mir beim nächsten Dachbodenaufräumen auf den Kopf gefallen wäre. Und eben diesem Ding habe ich es nun zu verdanken, dass plötzlich eine Stimme durchs Haus hallt - und zwar, wenn ich das richtig einordne, direkt vom Dachboden: »Wir haben die Waffe gefunden!«

Noch bevor ich mich dazu äußern kann, ruft der Beamte zurück: »Sofort sichern«, und verschwindet. Als ich ihm hinterherlaufen will, hält mich eine Polizistin zurück: »Wir müssen leider auch ihr Handy beschlagnahmen.«

»Mein HANDY?« *Gehts noch?*

»Auf gar keinen Fall!«, rufe ich aufgebracht. »Ich will sofort mit meinem Anwalt sprechen. Und mit meinem Mann. Und ...« *Nein, das mit dem Freund lasse ich besser weg.* »Ich muss sofort telefonieren.«

Die bis zu den Zähnen bewaffnete Beamtin widerspricht nicht, macht aber auch keine Anstalten, mich allein zu lassen. Stattdessen erklärt sie: »Sie dürfen ihr Handy benutzen, aber ab sofort nur unter Aufsicht.«

Fassungslos und niedergeschlagen schleppe ich mich unter Polizeikontrolle in die Küche, wo ich das Handy zuletzt benutzt habe. Es liegt auf dem Küchentisch. Zuerst wähle ich die Nummer von Felix´ Anwalt, die mir Felix heute Morgen mitgeteilt hat, nachdem ich ihn schlussendlich doch angerufen habe. Der Anwalt rät, die Befehle der Polizei zu befolgen und mich ruhig zu verhalten, mit anderen Worten, den Mund zu halten. Er würde sich der Sache annehmen. Ich bitte ihn darum, Felix über die Ereignisse in Kenntnis zu setzen und ihm mitzuteilen, dass ich des Handys beraubt werde, worauf der Anwalt versichert, das würde er tun und ich soll mir keine Sorgen machen. Danach wähle ich Filipes

Nummer, während ich versuche, die Polizistin mit Blicken zu töten, was leider nicht funktioniert.

»Hallo? Joana?«, klingt die vertraute, warme Stimme und ich würde auf der Stelle schmelzen, wäre da nicht diese eiskalte Atmosphäre im Raum.

»Ich kann leider nicht sprechen, bin nicht allein. Die Polizei ist hier. Sie stellen das ganze Haus auf den Kopf und wollen mein Handy.«

»Du machst keine Scherze und bist auch nicht betrunken?«

»Nein, weder noch. Leider.« Und das meine ich ernst. Im betrunkenen Zustand könnte ich vielleicht über die Situation lachen.

»Das heißt, wir können uns nicht mehr anrufen?«

»Nein, ich weiß auch nicht, ich weiß gar nichts. Ich weiß nur, dass hier irgendwas etwas gesucht wird. Ein Mörder, oder zwei, oder drei, was weiß ich. Aber da können sie lange suchen.« Ich sage es extra laut, damit die Polizistin jedes Wort versteht. »Ich habe nämlich nichts mit der Sache zu tun.«

Sie verdreht genervt (oder ungläubig?) die Augen.

»Ich glaube, ich lege jetzt besser auf«, flüstere ich.

»Bevor du auflegst, erkläre mir bitte noch eins: Was hast du mit Lüsshummer gemeint?«

Statt einer Antwort frage ich mit einem verkniffenen Lächeln, ob er das Lied *Liebeskummer lohnt sich nicht* kennt.

»Ehrlich?«, fragt er und ich höre, wie er lächelt.

Angesichts der Situation springt mir das »Ja« viel schneller über die Lippen, als es unter weniger dringlichen Umständen der Fall gewesen wäre.

»Du fehlst mir auch ... sehr sogar«, gibt er zu und trotz der widrigen Umstände entlockt mir der Satz ein weiteres, und diesmal ehrliches, Lächeln. »Kann ich irgendwas für dich tun, dich irgendwie erreichen?«, fragt er.

»E-Mail?« Mein Blick wandert zur Polizistin, die mich, mit verschränkten Armen am Türrahmen angelehnt, keine Sekunde aus den Augen gelassen hat.

»Ihren Computer müssen wir leider auch beschlagnahmen«, erwidert sie.

Im selben Moment stürmt der Beamte wieder in die Küche. »Verhaften«, brüllt er.

Ver-bitte-was? Ich muss mich verhört haben.

Dann sehe ich Handschellen, höre etwas von »des Mordes beschuldigt« und ein paar Namen. Doch sie verschwimmen im Jenseits, zusammen mit der Stimme, die sie ausspricht. Ich höre nichts mehr, verstehe nichts ... Mein Denkprozessor ist überlastet, stürzt ab; mein Herz rast und steht gleichzeitig still.

Ich komme erst wieder zu mir, als ich eine halbe Stunde später auf dem Revier verhört werde.

Elf Stunden später entlässt man mich aus der U-Haft. Die ballistischen Untersuchungen haben ergeben, dass es *nicht* die Remington meines Vaters war, aus der bei den Morden geschossen wurde. Ein kurzer Moment der Erleichterung - der allerdings sofort wieder verpufft, als mir die Justizvollzugsbeamten zum Abschied, begleitet von einem kaum verhohlenen, triumphierenden Lächeln, eine saftige Geldstrafe wegen illegalen Waffenbesitzes in Aussicht stellen.

Das Lied vorm Tod

DIENSTAG
22. APRIL 2025

»Der Freund«

Er lacht sich ins Fäustchen, während er das *Luxemburger Wort* in den Papierkorb seines Hotelzimmers in der Rue de la Gare befördert, in das er vor einem Monat eincheckte. Bis jetzt hat wirklich alles reibungslos funktioniert. Die Polizei hat nicht nur eine Verdächtige, sondern eine Mörderin gefunden. Besser hätte es gar nicht laufen können. Um sicherzugehen, dass es sich nicht um einen Witz handelt oder ein übereifriger Journalist Informationen veröffentlicht hat, die nicht überprüft wurden, überfliegt Larry nun auch das *Tageblatt*. Tatsächlich! Dort steht es ebenfalls, schwarz auf weiß: *Tatverdächtige wurde festgenommen*. Er kann sein Glück kaum fassen. Was auch immer diese Frau angestellt hat, um ihm die Bullen vom Hals zu halten, ist ihm ein Rätsel. Er sollte ihr einen Blumenstrauß in den Knast schicken. Bei dem Gedanken muss er laut lachen. Wer auch immer sie ist, er weiß es nicht. Aber es kann ihm auch egal sein. Hauptsache, er ist aus dem Schneider. Immer noch grinsend legt er die Zeitung beiseite und macht sich bereit, den Rest seiner Mission hier in Luxemburg zu beenden: das Geld und die Wertpapiere aus den Schließfächern besorgen, die er vor 16 Jahren darin deponiert hatte, nachdem er die USA verlassen und sich für ein paar Jahre nach Luxemburg abgesetzt hatte. Ohne Zeitdruck und ohne Stress. Doch bevor er das Hotel verlässt, ordert er einen Kaffee an der Bar und fasst gedanklich noch einmal die letzten Wochen zusammen:

Den kleinen marokkanischen Drogendealer ausfindig zu machen, war ein Leichtes gewesen. Ein Mitarbeiter, der die Geschäfte in Luxemburg überwacht, hatte ihn auf die Spur gebracht. Er wusste, dass in einem Hotel mit Restaurant und Festsaal in der Rue du Fort Neipperg eine größere Veranstaltung stattfinden sollte. Er wusste, wann der kleine Dealer in der Straße auftauchen würde, um ein Paket zu übergeben. Er musste nur eine ungestörte Stelle finden, von wo er den Schuss abfeuern und danach unbemerkt verschwinden konnte. Und das war nicht schwer gewesen. Er hatte sich unter falschem Namen im besagten Hotel ein Zimmer gemietet und am Fenster auf die Lauer gelegt.

Als nächstes stand sein Freund Rodrigo auf der Abschussliste. Rodrigo!, denkt Larry mit einem Anflug von Wehmut. Er hatte ihn zu Jugendzeiten in New York kennengelernt. Ein aufgeweckter Bursche und brillanter Basketballspieler, aber vor allem: sein bester Freund. Doch sein bester Freund hatte ihn im Stich gelassen. Etwas, was er ihm nie verziehen hat. Das war einer der Gründe, die ihn wieder nach Luxemburg geführt haben.

Ihn ausfindig zu machen, war nicht so einfach gewesen. Rodrigo hatte sich ziemlich zurückgezogen. Ein Zufall war ihm zu Hilfe gekommen. Nachdem Larry endlich Rodrigos Adresse herausgefunden hatte, war er ein paar Mal an dem luxuriösen Appartementhaus im Stadtteil Gasperich vorbeigefahren. An einem Samstag hatte er ihn dann aus der Garage fahren sehen. Unauffällig war er dem Q8 bis zum Parkplatz eines Audi-Händlers gefolgt, wo offensichtlich eine Veranstaltung stattfand. Rodrigo stellte seinen Wagen ab. Er selbst parkte seinen Mietwagen in der Nähe der Ausfahrt und wartete - geduldig wie ein Krokodil, das Stunden und Tage damit verbringt, seiner Beute aufzulauern. Zum Zeitpunkt, an dem Rodrigo als einer der letzten Gäste (glücklicherweise allein) das Autohaus verließ und er mit seinem Wagen in Position stand - Pistole geladen, Scheibe runter, das Auto von Rodrigo in Schussweite - hatte er auch von dort nach einem präzisen, schallgedämpften Schuss schnell und unbemerkt fliehen können.

Die Sache mit dem Schauspieler war noch einfacher gewesen - jedenfalls was die Liquidation anging. Die wurde ihm quasi auf dem Silbertablett serviert - einfacher hätte es kaum sein können. Selbst an einen Schalldämpfer zu denken, war überflüssig gewesen, so perfekt war die Gelegenheit. Der Hintereingang des altehrwürdigen Hotels, wo er seinen »Auftritt« hatte, war wie für ihn gemacht: wegen einer Krimi-Veranstaltung abgeriegelt, von neugierigen Blicken verschont, und für die Öffentlichkeit gesperrt. Der Versuchung, aus dieser ironischen Kulisse einen echten Krimi zu machen, hatte er nicht widerstehen können. Keine Attrappe, keine harmlose Requisite, sondern kalter Stahl, bereit für die finale Szene. Der Gedanke daran, wie absurd und zugleich perfekt sich alles zusammengefügt hatte, brachte ihn erneut zum Lachen. Das war nicht nur ein Krimi, das war die reinste Kunst. Den Schauspieler zu finden, der jahrelang recht gute Geschäfte gemacht hatte, weil er unter anderem wegen seines Berufes und Bekanntheitsgrades europaweit agieren und zahlreiche Kunden akquirieren konnte, war im Vergleich zur Liquidation dagegen nicht so einfach gewesen. Er war über längere Zeit komplett von der Bildfläche verschwunden. Wort- und spurlos ausgestiegen. Vor einigen Wochen hat sein für Luxemburg zuständiger Geschäftspartner den Schauspieler, der anscheinend an einem Comeback arbeitete, wieder aufgespürt. Es wurde auch höchste Zeit, denn irgendwie hatte Interpol Wind von Larrys Geschäften in Europa bekommen. Bis jetzt allerdings nur unter seiner alten Identität. Und damit das so bleibt, ist er jetzt hier: zum Aufräumen, wie er es nennt. Niemand, der ihn identifizieren könnte, darf übrigbleiben. Der Schauspieler hatte ihn zwar nie persönlich zu Gesicht bekommen und er ist auch nicht sicher, ob dieser seinen richtigen Namen kannte, aber er hat gelernt, dass Luxemburg ein kleines Land ist, wo jeder jeden kennt. Demnach ist es nicht unmöglich, dass sich Rodrigo und der Schauspieler irgendwann, irgendwo über den Weg gelaufen sind. Wer weiß, worüber sie geplaudert haben?

Er hätte natürlich auch einen seiner Leute auf die kleinen Wichser ansetzen können, aber es gibt niemanden, wirklich niemanden, der es mit ihm aufnehmen kann. Mit dem Schießen hat er schon als Kind angefangen. Es war eine Leidenschaft geworden. Erst waren es Katzen (er hasst Katzen), aber die saßen meist nur auf der Lauer, das war langweilig. Fliegende Vögel zu erwischen war eine wesentlich größere Herausforderung. Als er älter wurde und sich den illegalen Waffen- und Drogengeschäften widmete, ergaben sich andere lebende Zielscheiben. Unter ihnen befanden sich hauptsächlich Personen, die ihm über kurz oder lang hätten schaden können. Wegen seiner Treffsicherheit, Präzision und dem Talent, immer wieder unbemerkt davonzukommen, wurde er oft von Kollegen engagiert, die mit Aussteigern und Geschäftspartnern zu tun hatten, die sich als Verräter entpuppten, und den Drogenring hätten auffliegen lassen können. Sein Geheimnis, wie er es angestellt hat, immer unbemerkt zu bleiben, hat er nie jemandem verraten, aber im Prinzip ist die Sache ganz einfach: Bei großen Veranstaltungen und an Plätzen, wo sich viele Menschen aufhalten, hat die Polizei deutlich mehr zu tun und ist nicht selten überfordert. Es gibt zahlreiche Zeugen, die Vernehmungen und Befragungen nehmen viel Zeit in Anspruch, Aussagen widersprechen sich, es passieren Fehler und außerdem werden Spuren schneller verwischt.

Darüber hinaus macht ihm die Sache Spaß. Und deswegen erledigt er Jobs wie diese hier in Luxemburg am liebsten selbst. Dann weiß er hinterher, dass der Job sauber und sicher zu Ende gebracht wurde. Außerdem hat er sich gefreut, in das Land zurückzukehren, in dem er einige Jahre wohnte. Das Land, in dem ihm allerdings auch sein bislang einziger Fehler unterlaufen ist. Es war vor 16 Jahren. Dummerweise hatte er den Falschen getroffen, weil derjenige seinem Freund Rodrigo zum Verwechseln ähnlich sah - jedenfalls von hinten. Und genau das war dem Typen zum Verhängnis geworden: Er hatte diesen McKinsey mit Rodrigo verwechselt. Als er das zwei Tage später in der Zeitung las, war er schon auf dem Weg zum Flughafen. Rodrigo muss geahnt haben, dass der Schuss eigentlich ihn hätte treffen sollen, aber sein Freund Rodrigo hat gegenüber der Polizei geschwiegen. Verständlicherweise! Hätte er es nicht getan, wären seine ›kleinen Geschäfte‹, denen er neben dem Basketballspielen in Amerika nachgegangen war, aufgeflogen. Er hatte ihn zu diesen verführt. Weil Rodrigo dabei um ein Haar von der amerikanischen Polizei erwischt worden war, hatte er das Land Hals über Kopf verlassen, gerade noch rechtzeitig, bevor die Polizei ihm auf die Spur kam. Etwas wehmütig denkt er an die Zeit zurück. Rodrigo war ein guter Freund gewesen, hatte ihn immer scherzhaft »Mafioso« genannt. Beim Abschied hatte Rodrigo ihm den Vorschlag gemacht, doch mit nach Luxemburg zu kommen. Das Land wäre ein Steuerparadies, super für Geldgeschäfte und vor allem gäbe es kein FBI und niemand würde dort hochkarätige Gangster vermuten. Das Angebot hat er wenig später angenommen. Leider ist dieser kleine Wichser Rodrigo nach drei Jahren aus dem Geschäft ausgestiegen. Die Sache war ihm wohl zu heiß geworden. Nicht ganz zu Unrecht, deswegen war es damals auch für ihn Zeit geworden, zu verschwinden. Aber nicht, ohne seine Identität vorher zu ändern. Dabei war ihm dieser Kommissar eine große Hilfe gewesen. Ihn zu bestechen war easy gewesen. Der Typ hatte nämlich regelmäßig in Larrys Revier herumgeschnüffelt und das nicht nur dienstlich: Der Beamte war in dem ein oder anderen Etablissement ein gern gesehener Gast gewesen, was aber außer Larry, den Mädels und den Mitarbeitern und Besitzern der Etablissements niemand wusste. Das war Larry natürlich sehr gelegen gekommen. Mit einer lächerlichen Bestechungssumme von einer halben Million Euro hatte sich der kleine, geile Wichser zufriedengeben, mit dem Argument, dass er sich ohnehin keinen Ferrari kaufen oder eine Weltreise buchen könnte, ohne in Erklärungsnot oder unter Verdacht auf illegale Nebenverdienste und Hinterziehung zu geraten. Larry hat ihm jedoch eine weitere halbe Million überwiesen, weil er weiß, wie schnell sich Geld verprassen lässt. Er wollte sichergehen, dass der Typ ihm nie hinterherspionieren würde, um weiteres Geld zu erpressen. Beim Gedanken an den Kommissar überlegt er, ob er ihn vielleicht sicherheitshalber auch aus dem Weg räumen soll. Immerhin kennt der Typ seinen richtigen Namen. Außerdem ist der Kommissar jetzt in Pension und hat nichts zu verlieren, wenn er ihn verpfeift. Oder vielleicht doch? Er kennt die Gesetze in Luxemburg nicht und weiß nicht, ob dem Kommissar nach so vielen Jahren eine Strafe droht, weil er vor 16 Jahren seine Akte drei Tage zurückgehalten hat - genau die drei Tage, die er gebraucht hatte, sich einen neuen Pass und eine neue

Identität zuzulegen und sich im fernen Ausland jenseits des Atlantischen Ozeans niederzulassen. Und zwar mit einem ansehnlichen Vermögen von fast 30 Millionen Dollar. Geld, von dem nicht mehr allzu viel übriggeblieben ist. Deswegen ist er jetzt auch wieder in Luxemburg: Er will seine Konten auflösen, das restliche Vermögen, Gold und Wertpapiere abholen. Zufrieden mit seiner bisherigen Aufräumaktion geht er nochmal zurück in sein Zimmer, holt einen Koffer aus dem Schrank, zückt einen seiner zahlreichen Pässe und bestellt sich ein Taxi, um mehreren Banken, bei denen er Konten und Schließfächer hat, einen Besuch abzustatten.

4 WOCHEN SPÄTER

Hauptkommissar a.D.Protzer

Vor ein paar Tagen hat dieser Thill wieder bei ihm angerufen, um ihm mitzuteilen, dass ein internationaler Drogenring gesprengt worden sei. Unter den Verdächtigen hätte sich unter anderem ein Mann befunden, der drei Jahre in Luxemburg gelebt und das Land vor 16 Jahren unter falschem Namen verlassen hatte. Die ausländischen Behörden hatten herausgefunden, dass es sich bei der Person um einen Serienmörder handelte, der bis vor kurzem noch Kontakte zu Personen im Land hatte, die mit Drogendelikten in Verbindung standen - unter anderem zu diesem Marokkaner, der in der Rue du Fort Neipperg erschossen worden war. Das FBI gehe davon aus, dass der Serienkiller auch die bislang ungeklärten Morde in Luxemburg auf dem Gewissen hat. Sie waren ihm durch ungewöhnliche und verdächtige Finanztransaktionen bei verschiedenen Banken in Luxemburg auf die Spur gekommen. Erst wurde Protzer kreidebleich, doch nachdem Thill ihn im Laufe des Gespräches darüber aufklärte, dass der mutmaßliche Killer schlussendlich in

Miami vom FBI bei einer Flucht am Flughafen erschossen worden war, atmete er auf.

Jetzt ärgert er sich, dass er die Ermittlungen damals eingestellt und den Typ nicht weiterverfolgt hatte. Wer weiß, vielleicht wäre aus ihm doch noch ein James Bond geworden? ...

1 JAHR SPÄTER

Joana

Ist der Ruf erst ruiniert, lebt es sich ganz ungeniert. Das mag in manchen Fällen zutreffen. In meinem Fall tat es das nicht. Nachdem ein äußerst einfältiger Journalist, dem ich vor Jahren mal auf den Schlips getreten war, einen Artikel über die Mordserie veröffentlichte und mich wegen meiner illegalen Waffe als Verdächtige betitelte, obwohl ja schon nach 11 Stunden U-haft meine Unschuld festgestellt worden war, sprangen alle anderen Zeitungen auf den Zug auf. Wochenlang haben Journalisten um Interviews gebeten, haben es bei meinem Rechtsanwalt und bei Felix versucht, die sich beide zurückhielten. Veranstalter haben mir Absagen erteilt und Verträge gekündigt. Und weil sich nach einer Rufmordklage meinerseits gegen die Zeitungen auch nicht viel an meiner bescheidenen Situation geändert hat, habe ich sämtliche Koffer gepackt (ein paar musste ich noch dazukaufen) und mich auf den Weg nach Spanien gemacht. Aber nicht, ohne vorher den Thomas vom Reisebüro zu kontaktierten. Er hatte mich sofort mit Agenturen in Verbindung gesetzt, die mir später vor Ort Jobs vermitteln konnten. Außerdem hatte er den Flug und das mit dem Gepäck klargemacht und mir eine gute Reise gewünscht mit den

Worten: »Wenn du die Nase von Spanien voll hast, dann sage sofort Bescheid. Wir finden auch hier Jobs für dich. Schlimmstenfalls auf einem Kreuzfahrtschiff.« Dann hat er mir zugezwinkert und mich in den Arm genommen.

Filipe hat mich mit offenen Armen in seiner 1-Zimmer-Wohnung empfangen und bei der Wohnungssuche geholfen. Das ging ganz zackig: Bereits vier Wochen nach meiner Ankunft hat er mich mit einem Appartement in einer Wohnsiedlung in Strandnähe überrascht, das groß genug ist für zwei Personen ...

Kriminalkommissar Thill

Thill hat sich inzwischen mit der marokkanischen Küche angefreundet, so auch mit dem Schwiegersohn und dessen Eltern, in deren Restaurant er regelmäßig mit der ganzen Familie am Samstagmittag speist. Seine Tochter hat vor einem halben Jahr geheiratet und in knapp drei Monaten wird sie ihn zum Opa machen. Bonnie und Clyde sollen die Zwillinge heißen.

D a s   L i e d   v o r m   T o d

D a s   L i e d   v o r m   T o d

Danksagungen

Ein herzliches Dankeschön an Claudia Colantonio, Doris Conrady, Heidi Köpp-Junk, Lisa Ratz und Rosemarie Schmitt-Wyrdall - für eure beständige Unterstützung, eure wertvollen Anregungen und euer stets willkommenes, ehrliches Feedback.

An Gaston Zanglerlé: Vielen Dank für das Vertrauen, das du mir entgegengebracht hast, als du mir vorschlugst, einen Krimi zu schreiben. Zuerst habe ich den Kopf geschüttelt. Ich und Krimi? Das schien mir genauso absurd wie die Vorstellung, Hugh Grant zu fragen, ob er in einem Thriller à la Schweigen der Lämmer mitspielen wolle. Nach wochenlangem Überlegen und einigem Hin und Her entschloss ich mich dann doch, es zu versuchen. Als Inspiration diente ein Krimidinner, bei dem ich während meiner Karriere als Sängerin einmal gemeinsam mit einem Pianisten Teil des Acts sein »durfte« - worüber ich übrigens ähnlich begeistert reagierte wie Joane. Ähnlich wie im Roman ging auch dieser Event gründlich daneben. Aber wenigstens floss damals nur künstliches Blut.

Herzlich bedanken möchte ich mich auch bei all den lieben crime.lu Kollegen, die ich inzwischen kennenlernen durfte, insbesondere bei Pierre Decock für die Gestaltung von Cover und Layout, sowie bei Monique Feltgen, ohne die ich gar nicht erst beim Crime-Team gelandet wäre.

Ein Dankeschön geht auch an alle, die meine Romane lesen, mir Mut machen, weiterzuschreiben und sich nicht scheuen, mir Feedback zu geben - in welcher Richtung auch immer.

Das Lied vorm Tod

ÜBER DIE AUTORIN

Karin Melchert wurde in Trier geboren. 1996 verschlägt es sie aus privaten Gründen nach Luxemburg, wo sie ihr Hobby zum Beruf macht und sich als Sängerin und Vocal Coach schnell einen Namen erarbeitet. Schreiben lag der gelernten Übersetzerin und Dolmetscherin schon immer im Blut - und so veröffentlicht sie 2006 ihr erstes Sachbuch. Inzwischen hat sie auch das Romanschreiben für sich entdeckt - inspiriert von einem Leben, das kreuz und quer über die Bühnen dieser Welt führt: mal Drama, mal Komödie, aber immer mit Herz und Stimme.

Das Lied vorm Tod

IN DER SELBEN REIHE

Didier Debord, *Il vous faudra vivre avec...*

Pierre Decock, *Lea m'attendra*

Gaston Zangerlé, *La pègre et la boxeuse*

Monique Feltgen, *Das Rousegäertchen-Komplott*

Pierre Decock, *Le moine à la boucle d'oreille*

Pierre Decock, *Victor*

Werner Giesser, *Die Gutland-Morde*

Hauke Schlüter, *Tod in Belval*

Hauke Schlüter, *Rost*

Monique Feltgen, *Schatten über Diekirch*

Gaston Zangerlé, *Le cadavre du Saut d'Acomat*

Didier Debord, *Greffes sauvages*

Pierre Decock, *Un si gentil voisin*

Rita Braun, *Von Fall zu Fall*

Gaston Zangerlé, *Les sanguinaires des Abymes*

Pierre Decock, *Bon anniversaire Dimitri*

Gaston Zangerlé, *Exécution à Trois-Rivières*

Rosemarie Schmitt, *Das Gift der Stille*

Titelbild : Pierre Decock